JÉSUS DE MONTRÉAL

Duplessis, VLB Éditeur, 1978.
Le déclin de l'empire américain, Boréal, 1986.

Denys Arcand

JÉSUS DE MONTRÉAL

Boréal

Photos: Pierre Gros D'Aillon

© Les Éditions du Boréal
Dépôt légal: 2ᵉ trimestre 1989
Bibliothèque nationale du Québec

Diffusion au Canada: Dimedia
Diffusion en France: Le Seuil

Données de catalogage avant publication (Canada)

Arcand, Denys, 1941-
Jésus de Montréal
ISBN 2-89052-288-1
1. Jésus de Montréal (Film cinématographique). I. Titre
PN1997.J47A72   1989   791.43'72   C89-096184-0

AVANT-PROPOS

Il y a trois ou quatre ans, j'ai reçu en audition un jeune comédien barbu que j'avais connu glabre quelques mois auparavant. «Je suis désolé pour la barbe, me dit-il, mais je suis maintenant Jésus.» Chaque soir, il jouait pour les touristes le «Chemin de la croix» sur le mont Royal, la montagne qui domine Montréal.

On ne sait jamais exactement d'où vient l'idée d'un film, mais cette situation étrange commença à me hanter. Comment ce jeune comédien pouvait-il dire le soir: «Celui qui gagnera sa vie la perdra» et le lendemain matin se présenter à une audition pour un film érotique ou une publicité de bière. C'est de cette contradiction qu'est né «Jésus de Montréal», en juxtaposant à des thèmes de la Passion selon saint Marc mes souvenirs d'enfant de chœur dans un village perdu, catholique depuis des siècles, et mon expérience quotidienne de cinéaste dans une grande ville cosmopolite.

J'aurai toujours la nostalgie de cette époque de ma vie où la religion fournissait une réponse apaisante aux problèmes les plus insolubles, tout en mesurant ce que ces fausses solutions contiennent d'obscurantisme et de démagogie. Je ne peux pas m'empêcher encore aujourd'hui d'être touché quand j'entends: «Là où est votre trésor, là aussi est votre cœur» ou «Si vous aimez ceux qui vous aiment, quel mérite avez-vous?» À travers l'épaisseur des brumes du passé, il y a là l'écho d'une voix profondément troublante.

J'avais envie de faire un film tout en ruptures, allant de la comédie loufoque au drame le plus absurde, à l'image de la vie autour de nous, éclatée, banalisée, contradictoire. Un peu comme dans ces supermarchés où on peut trouver dans un rayon de dix mètres des romans de Dostoïevski, des eaux de toilette, la Bible, des vidéocassettes pornos, l'œuvre de Shakespeare, des photos de la Terre prises depuis la Lune, des prédictions astrologiques et des posters de comédiens ou de Jésus, pendant que des haut-parleurs et des écrans cathodiques émettent leur bourdonnement sans fin sur un fond de Pergolèse, de rock and roll ou de voix bulgares.

Denys Arcand
mars 1989

PERSONNAGES ET INTERPRÈTES DU FILM
PAR ORDRE D'APPARITION À L'ÉCRAN

Pascal Berger (Smerdiakov). Acteur, 25 ans. ....Cédric Noël

Ivan Karamazov. Acteur, 35 ans. ....Michael Barnard

France Garibaldi. Vedette de la radio
et de la télé, 30 ans. ....Pauline Martin

Roméo Miroir. Critique
dramatique, 40 ans. ....Jean-Louis Millette

Régine Malouin.
Vedette de la télé, 35 ans. ....Véronique Le Flaguais

Richard Cardinal. Avocat et agent
dans les milieux artistiques, 30 ans. ....Yves Jacques

Denise Quintal. Directrice de
production pour une grande
agence de publicité, 40 ans. ....Monique Miller

Daniel Coulombe. Acteur, 30 ans. ....Lothaire Bluteau

Une soprano, 22 ans. ....Christine-Ann Atallah

Une contralto, 20 ans. ....Valérie Gagné

Raymond Leclerc. Religieux
de la communauté du Sanctuaire, 60 ans. ....Gilles Pelletier

Jeunes comédiens dans «Le Chemin de la croix»

   Acteur I. ....Serge Carrier

   Acteur II. ....Daniel Lamontagne

   Actrice I. ....Dominique Quesnel

Constance Lazure. Actrice, 30 ans. ...Johanne-Marie Tremblay

Madame Fameuse.
Actrice célèbre .... Marie-Christine Barrault

Madame Célèbre. Actrice fameuse. .... Judith Magre

Martin Durocher. Acteur, 35 ans. .... Rémy Girard

René Sylvestre. Acteur, 30 ans. .... Robert Lepage

Un astrophysicien, 28 ans. .... Jean Marchand

Mireille Fontaine. Actrice, 25 ans. .... Catherine Wilkening

Un homme élégant, 45 ans. .... Pascal Rollin

Jerzy Strelisky. Réalisateur de
films publicitaires, 40 ans. .... Boris Bergman

Voisine de Constance, 25 ans. .... Dianne Côté

Rosalie Lazure. Fille
de Constance, 5 ans. .... Andréanne Deneault

Aurore Léger. Bibliothécaire, 35 ans. .... Paule Baillargeon

Un théologien, 38 ans. .... Claude Léveillée

Bob Chalifoux. Garde de sécurité
du Sanctuaire, 40 ans. .... Gaston Lepage

John Lambert. Supervedette, 30 ans. .... Marc Messier

Une Haïtienne, 25 ans. .... Rose-Andrée Michaud

Ariel. Prophète ésotérique, 40 ans. .... Marcel Sabourin

Zabou Johnson. Starlette, 18 ans. .... Isabelle Truchon

Fabienne. Comédienne, 25 ans. .... Sylvie Drapeau

Une jeune chanteur-danseur, 22 ans. .... Mario Bertrand

Un groupe de jeunes comédiens et comédiennes.

Cinq hommes. Concepteurs d'une agence de publicité
et cadres d'une grande brasserie.

François Bastien et Marcel Brochu. Sergents-détectives
de la police, 35 ans. .... Claude Blanchard et Roy Dupuis

Un juge, 47 ans. ....Denys Arcand

Une greffière, 50 ans. ....Gisèle Trépanier

Sophie de Villers. Psychologue de la cour
des sessions de la paix, 43 ans. ....Andrée Lachapelle

Un maître d'hôtel, 50 ans. ....Bernard Menez

Pierre Bouchard. Ex-joueur de hockey
professionnel, 40 ans. ....Bob Della Serra

Claudine Bouchard. Femme
du précédent, 30 ans. ....Lisette Guertin

Dix gardes de sécurité.

Ambulancier, 35 ans. ....Denis Bouchard

Préposée à l'urgence, 27 ans. ....Danielle Lépine

Secrétaire à l'admission, 24 ans. ....Léa-Marie Cantin

Sam Rosen. Spécialiste de la médecine
d'urgence, 35 ans. ....Ron Lea

Mark Sutton. Chirurgien-cardiologue, 40 ans. ....Tom Rack

Une vieille Italienne, 70 ans. ....Anna-Maria Giannotti

Un médecin italien, 35 ans. ....Paul Tana

James Rigby. Transplanté
cardiaque, 45 ans. ....Dean Hagopian

*La paix soit avec les hommes
de bonne volonté qui pleurent
tout seuls la nuit.*

CHARLES BUKOWSKI

Une scène de théâtre. La salle.
Le hall d'entrée. Soir.

Sur la couverture d'un vieux livre relié de cuir
noir fatigué, en lettres dorées un peu effacées:
«Les Saints Évangiles». Une main ouvre le livre
et en retire une liasse de vieux billets de banque. On découvre deux personnages, Smerdiakov, assis à une table, les billets de banque à la
main, et devant lui, debout, Ivan Karamazov,
qui prend sur une chaise son manteau de four-
rure et s'apprête à sortir. Ils sont dans une
chambre assez pauvre, éclairée par quelques
bougies; les carreaux de la fenêtre sont cou-
verts de givre et on entend dehors le siffle-
ment du vent.

SMERDIAKOV

(En tendant les billets.) Prenez-les. Ils sont à vous.

IVAN

C'est toi qui l'as tué!

SMERDIAKOV

C'est vous qui l'avez tué!

IVAN

J'étais à Tchermachnia! Tout le monde le sait.

SMERDIAKOV

C'est moi qui ai frappé, mais c'est vous qui êtes l'assassin!
Souvenez-vous de ce que vous disiez! Il faut détruire
l'idée de Dieu dans l'esprit de l'homme. Alors seulement, chacun saura qu'il est mortel, sans aucun espoir

de résurrection, et chacun se résignera à la mort avec une fierté tranquille. L'homme s'abstiendra de murmurer contre la brièveté de la vie et il aimera ses frères d'une affection désintéressée. L'amour ne procurera que des jouissances brèves, mais la conscience même de cette brièveté en renforcera l'intensité autant que jadis elle se diluait dans les espérances d'un amour éternel, au-delà de la mort. Vous vous souvenez?

IVAN

Bien sûr... bien sûr.

SMERDIAKOV

Pensiez-vous que j'étais sourd? Quand vous disiez qu'à cause de la bêtise invétérée de l'espèce humaine ce rêve ne serait sans doute pas encore réalisé dans mille ans. Mais qu'en attendant il était permis à tout individu conscient de la vérité de régler sa vie comme il lui plaisait. Je vous ai cru, moi!

IVAN

Je ne t'ai jamais dit de tuer mon père!

SMERDIAKOV

Vous avez toujours souhaité sa mort, mais vous étiez trop lâche pour agir.

> Ivan met son manteau et enfonce les billets de banque dans une poche.

IVAN

Je les porterai au tribunal demain.

> Ivan se dirige vers la porte.

SMERDIAKOV

Ivan Fiodorovitch!

IVAN

Quoi?

SMERDIAKOV

Adieu.

IVAN

À demain.

> Ivan sort. Smerdiakov se retourne vers la caméra et fixe l'objectif. Il pleure.

SMERDIAKOV

L'enfer, c'est la souffrance de ne plus pouvoir aimer. Une fois, dans l'infini de l'espace et du temps, un être spirituel est apparu sur la terre, et a eu la possibilité de dire: «Je suis et j'aime.» Une fois seulement lui a été accordé un moment d'amour actif et vivant. À cette fin la vie terrestre lui a été donnée, limitée dans le temps. J'ai repoussé ce don inestimable. Je ne l'ai ni apprécié ni aimé. Je l'ai considéré avec ironie. J'y suis resté insensible, quand j'aurais dû me prosterner et baiser la terre! J'ai dédaigné l'amour de ceux qui aimaient autour de moi, quand j'aurais dû aimer inlassablement tous et tout.

> Accroupi, toujours pleurant et gémissant, il ouvre un coffre et en tire une corde.

SMERDIAKOV

Malheur aux suicidés! Malheur à ceux qui se détruisent eux-mêmes! Il ne peut pas y avoir de plus malheureux qu'eux. *(Il se lève, se dirige vers le centre de la pièce.)* Ils se maudissent eux-mêmes, en maudissant Dieu et la vie. Ils sont insatiables aux siècles des siècles et repoussent le pardon. *(Montant sur un tabouret, il fixe la corde à une poutre et la passe à son cou.)* Il maudissent Dieu qui les appelle et voudraient qu'Il s'anéantît, Lui et toute Sa création... Ils ont soif de la mort et du néant.

> Il repousse des pieds la chaise qui se renverse. Son corps tombe dans le vide. Tout devient noir. On entend brusquement des cris: Bravo! Bravo! et les applaudissements d'une salle en délire. Les spectateurs sont debout et applaudissent. On en isole quelques-uns: France Garibaldi qui éponge ses yeux avec un mouchoir, Roméo Miroir, Régine Malouin. Pascal Berger salue avec les autres comédiens, il ne sourit presque pas, il a l'air épuisé. C'est lui qui jouait le rôle de Smerdiakov. La caméra passe tour à tour des spectateurs qui applaudissent aux comédiens qui saluent. Denise Quintal et Richard Cardinal sont debout eux aussi. Ils applaudissent, mais discrètement.

QUINTAL

Je veux sa tête.

CARDINAL

Sa tête?

QUINTAL

Pour ma campagne de «l'Homme sauvage».

CARDINAL

Il veut pas faire de publicité. Il me l'a dit.

QUINTAL

J'ai déjà entendu ça.

> Dans le hall d'entrée du théâtre, c'est le brouhaha habituel, les soirs de première. Miroir et Malouin se précipitent vers Pascal Berger à l'entrée de sa loge. Garibaldi les suit, un mouchoir à la main, en soupirant.

GARIBALDI

Ah mon Dieu!

> Miroir et Malouin repoussent les gens qui entourent Berger.

MALOUIN

C'est beau. C'est riche. C'est fort. C'est tellement fort!

MIROIR

Je vous le dis tout de suite: j'aime, j'aime beaucoup. C'est un spectacle incontournable!

MALOUIN

Il faut absolument que vous fassiez mon émission! Ce spectacle est un *must*, je dois le dire!

GARIBALDI

(S'interpose.) Oh, vous! Vous là, vous m'avez fait pleurer du début à la fin.

MIROIR

(Avec un rire condescendant.) Ce n'est pas un critère: elle pleure tout le temps!

GARIBALDI

Mais pas du tout, voyons, c'est... C'est tellement impliquant, là. Vous êtes le plus grand acteur de votre génération! Je le pense!

> Pendant cette réplique, la caméra nous mon-
> tre Daniel, debout, qui regarde cette scène de
> loin.

MIROIR

Un acteur redoutable.

> Berger voit Daniel, lui sourit.

BERGER

Excusez-moi, lui, c'est un bon comédien.

> Et il se dirige en courant vers Daniel, qu'il em-
> brasse. Ils sont visiblement heureux de se voir.

BERGER

Salut.

DANIEL

Salut.

BERGER

Long time no see.

DANIEL

Long time.

> Denise Quintal, suivie de Richard Cardinal,
> tente de se glisser entre eux.

QUINTAL

Excusez-moi. Pardon. Je vous verrai tout à l'heure. *(Elle passe entre Daniel et Berger.)*

On revient au groupe des critiques.

GARIBALDI

Allez-vous manger quelque part?

MIROIR

Oui, mais pas à l'Express.

MALOUIN

Witloof?

Miroir et Garibaldi font la moue. Berger tient Daniel par l'épaule.

BERGER

Et qu'est-ce que tu vas faire maintenant?

DANIEL

Jésus. Je suis venu m'inspirer.

BERGER

Jésus?

DANIEL

(Souriant.) Jésus!

Sanctuaire. Intérieur. Jour.

Au jubé du Sanctuaire, un chef dirige un petit
ensemble de musique baroque, organiste,
soprano et contralto, qui répètent le *Stabat
Mater* de Pergolèse. Tous sont jeunes et portent des jeans et des chemises ou des t-shirts.
Générique du début en surimpression. Daniel
apparaît, en plongée. Il remonte l'allée pendant que la musique continue. Vue du jubé en
contre-plongée. Quelqu'un s'approche de
Daniel qui a le visage levé vers la musique qui
alors s'arrête.

LECLERC

Bonjour, Monsieur Coulombe.

Daniel se retourne. Il est devant le père Raymond Leclerc. Celui-ci porte un complet-ves-
ton gris et un col romain. Il arbore une croix
dorée à son revers de veston.

DANIEL

Bonjour, mon père.

LECLERC

Venez, je vais vous montrer ça.

Ils marchent dans l'allée centrale du Sanctuaire.

LECLERC

C'est un spectacle que j'ai monté il y a trente-cinq ans.
Et qu'on a toujours repris ici, chaque été. Mais les
dernières années, ça marchait pas très fort. Le texte est
un peu démodé. Il faudrait moderniser tout ça.

Daniel acquiesce silencieusement.

Appartement de Leclerc. Intérieur. Jour.

Sur un écran de télévision se déroule une scène du Chemin de la croix, jouée par quatre jeunes comédiens en tunique blanche. Leur jeu est exagérément théâtral. Assis dans un fauteuil près d'une fenêtre d'où on découvre le sommet d'édifices voisins, Daniel regarde l'enregistrement vidéo en prenant des notes.

ACTEUR II

«Première station: Jésus est condamné à mort.»

ACTEUR I

«Le juste devra mourir.»

ACTRICE

«Pourquoi?»

ACTEUR II

«Parce qu'il est juste et que nous, nous ne le sommes pas.»

ACTRICE

«Il va porter tous nos meurtres.»

ACTEUR II

«Tous nos vols.»

CONSTANCE

«Tous nos adultères!»

L'acteur I est chargé d'une grande croix de bois.

ACTRICE

«Voyez-le qui fléchit sous le poids de nos péchés!»

CONSTANCE

«Ils ont choisi le bois le plus lourd!»

ACTRICE

«Ils ont choisi le bois le plus dur!»

ACTEUR II

«Ce sont nos péchés qui rendent sa croix si lourde!»

TOUS

«Nos péchés!»

CONSTANCE

«Pauvre agneau sans tache, est-ce mon orgueil qui t'écrase?»

Gros plan sur Constance.

DANIEL

C'est Constance Lazure, ça.

L'image se fige sur le visage de Constance.

LECLERC

(*En déposant la boîte de contrôle près du téléviseur.*) Vous la connaissez?

DANIEL

Elle était finissante au conservatoire l'année où je suis entré.

LECLERC

Ah bon! Je veux pas vous imposer personne, mais si vous voulez la réengager, ça serait bien. C'est une fille qui a une sensibilité exceptionnelle.

DANIEL

Ouais, je me souviens.

Accueil Bonneau. Intérieur. Jour.

> Dans une cafétéria, une file de clochards, de tous âges, prennent des repas que sert Constance, derrière une table. Daniel est parmi eux. Quand Constance lui tend son assiette, elle reste d'abord interdite, puis son visage s'illumine. Ils se sourient.

CONSTANCE

Qu'est-ce que tu fais ici toi?

DANIEL

Je suis venu te chercher.

> On les retrouve assis face à face à une longue table.

CONSTANCE

J'aime encore mieux servir des repas ici. Au moins ça sert à quelque chose. Tu as été parti combien de temps?

DANIEL

J'ai pas compté.

CONSTANCE

Tu peux pas savoir à quel point c'est devenu pourri. Tout.

DANIEL

Est-ce que tu viendrais travailler avec moi?

CONSTANCE

(*Elle rit.*) T'habites où, là maintenant?

DANIEL

Ici et là.

CONSTANCE

Tu peux venir chez moi, il y a de la place.

DANIEL

O.K. C'est bon. Il faudrait trouver deux gars et une fille.

CONSTANCE

(*Elle réfléchit.*) O.K.

Studio de post-synchronisation. Intérieur. Jour.

Dans un studio sombre, l'actrice Célèbre et l'actrice Fameuse sont assises à une table devant des micros. Martin est assis derrière elles; il lit un journal, boit du café et mange un beignet. Pendant que les machines font marche arrière, les deux actrices ont quelques secondes à elles.

FAMEUSE

C'est comme *Le Songe d'une nuit d'été*. C'était nul!

CÉLÈBRE

Oh, je sais.

FAMEUSE

Ces acteurs, écoute, on comprend pas un mot de ce qu'ils disent, ils n'ont aucune diction.

CÉLÈBRE

Bon, c'est toujours comme ça maintenant.

Constance et Daniel entrent dans le studio et assistent, silencieux, à la séance. Sur eux se reflètent les images projetées à l'écran, et que l'on voit, de temps à autre, pendant le dialogue.

FAMEUSE

Mais enfin, quand même, la diction c'était la base du métier!

CÉLÈBRE

Qu'est-ce que tu veux, de nos jours ils font de l'improvisation.

RÉALISATEUR

(*Voix hors champ.*) O.K., *stand by.*

CÉLÈBRE

«Oh Cristelle! Ah! Ah! Ce que tu es douce!»

FAMEUSE

«Ah! Ta langue! Ta langue!»

CÉLÈBRE

«Comme ça! Comme ça! Ah, ce que c'est bon!»

FAMEUSE

«Ah!»

> Célèbre fait signe à Martin, qui laisse son beignet et se presse vers le micro de Célèbre.

MARTIN

«Ah! On s'amuse sans moi?»

CÉLÈBRE

«Ah Johnny! Je ne savais pas que tu étais là! C'est mon mari.»

FAMEUSE

«Hum! Il est pas mal.»

CÉLÈBRE

«Mieux que ça! Déshabille-toi, mon chéri.»

> Martin joue avec ses vêtements. Constance ouvre des yeux surpris, elle détourne la tête; Daniel paraît amusé.

CÉLÈBRE

«Qu'est-ce que tu en dis, ma chère?»

FAMEUSE

«Hum! Quelle queue! J'aimerais bien y goûter.»

MARTIN

«Ne vous gênez pas, Madame.»

FAMEUSE

«Hum! Hum!»

CÉLÈBRE

«Laisse-m'en un peu, Cristelle.»

MARTIN

«J'en ai pour deux, Mesdames. J'en ai pour deux.»

CÉLÈBRE

«Hum! Hum!»

FAMEUSE

«Hum! Hum!»

MARTIN

«Ah... Ah, mais c'est mon copain, mon copain Burt qui arrive! Entre un peu, Burt, viens voir un peu!»

Un silence.

MARTIN

Bien, on peut pas continuer, là. Faut attendre que l'autre arrive!

FAMEUSE

C'est comme ça maintenant: plus de conscience professionnelle.

CÉLÈBRE

Moi, avec Duvivier, j'étais là une heure avant le début du plateau, toujours.

FAMEUSE

Ça, ma chère, c'était un autre pays et une autre époque.

On voit le réalisateur et l'ingénieur du son, derrière la console.

RÉALISATEUR

On peut pas attendre, Martin, peux-tu faire les deux voix?

MARTIN

Je peux bien essayer ça, mais je garantis rien.

RÉALISATEUR

O.K. *Stand by.*

FAMEUSE

«Oh, Johnny! Ah oui, Johnny, c'est bon! C'est bon!»

MARTIN

«Ah, toi aussi, ma chérie, ah, toi aussi, tu es bonne à prendre.»

CÉLÈBRE

«Ah, Burt! Tu es tellement dur!»

Martin bondit vers le micro de Célèbre. Il prend une voix nasillarde.

MARTIN

«T'aimes ça, hein, ma salope? Dis que t'aimes ça!»

CÉLÈBRE

«Oh oui, Burt, j'aime ça, ah, j'adore ça.»

Martin court vers le micro de Fameuse et prend une voix basse.

MARTIN

«Dis-le que t'aimes ça! Allez, dis-le!»

FAMEUSE

«Ah oui, Johnny, ah oui, Johnny!»

MARTIN

(*Voix basse.*) «Ah... ah... Prends ça! Prends ça, prends ça!»

FAMEUSE

«Oui, oui...»

MARTIN

(*Il va à l'autre micro. Voix nasillarde.*) «Tiens, toi aussi, prends ça!»

CÉLÈBRE

«Baise-moi, baise-moi, Burt!»

FAMEUSE

«Oui, oui, baise-moi, Johnny!»

MARTIN

(*Voix basse.*) «Ah! ah oui, ah, je te baise, ah, je te baise!»

MARTIN

(*Voix haute.*) «Ah! Ah!»

TOUS EN CHŒUR

«Ah! Oh! Ah! Oui! Oui!»

MARTIN

Merde, merde, merde! Je me suis trompé de micro, là, de ... de voix.

RÉALISATEUR

(*Voix hors champ.*) C'est pas grave, personne fait la différence.

CÉLÈBRE

Tu étais formidable!

FAMEUSE

(*Toutes deux lui font une bourrade amicale.*) Tu étais formidable!

Escalier du studio de post-synchro. Intérieur. Jour.

Martin, Daniel et Constance descendent l'escalier. Au mur, des affiches colorées.

MARTIN

Puis, euh, vous voudriez commencer quand?

Ils s'arrêtent.

DANIEL

Maintenant.

MARTIN

(*Il hésite une seconde et les regarde tous deux.*) O.K. Allons-y.

CONSTANCE

Bien oui, mais il faut que tu finisses...

MARTIN

Ils vont s'arranger.

Ils sortent de l'édifice.

Loft de Constance. Intérieur. Jour.

Daniel et Martin montent l'escalier conduisant
au loft. Ils rejoignent Constance devant une
porte.

CONSTANCE

Elle a un garçon du même âge, alors... on se partage la
garde.

La porte s'ouvre, la voisine apparaît et Rosalie
se précipite dans les bras de sa mère.

VOISINE

(*Ironiquement.*) Enfin! Mon Dieu qu'on était inquiètes!

CONSTANCE

Merci.

VOISINE

Bienvenue.

Elle referme la porte. Constance se dirige vers
la porte de son loft, avec Rosalie dans les bras.

CONSTANCE

(*À Rosalie.*) C'est qui ces deux messieurs-là, hein? Tu les connais pas, hein?

> Rosalie regarde Daniel et Martin. Martin lui fait un énorme clin d'œil. Rosalie sourit et cligne des deux yeux.

Esplanade de l'Université. Extérieur. Jour.

> Daniel marche sur l'esplanade devant l'Université avec un théologien aux cheveux gris, habillé d'un complet-veston, qui porte une serviette de cuir.

THÉOLOGIEN

Il faut que vous compreniez que la faculté de théologie ici est financée entièrement par l'archevêché. Ce n'est pas comme en Allemagne ou en Hollande. On n'est pas libre de dire n'importe quoi. En tous cas, pas publiquement.

DANIEL

Dire quoi par exemple?

THÉOLOGIEN

Il y a beaucoup de nouvelles découvertes récentes en archéologie, surtout depuis qu'Israël a annexé les nouveaux territoires. Et puis il y a l'analyse des textes par ordinateur, ça c'est fabuleux. Il y a aussi les nouvelles traductions du Talmud... On commence à comprendre qui c'était.

Ils s'approchent de voitures stationnées.

DANIEL

Jésus?

THÉOLOGIEN

Oui. Je vous ai polycopié quelques textes. (*Il lui remet quelques feuilles qu'il a tirées de sa serviette.*)

DANIEL

Merci.

THÉOLOGIEN

(*Détourne la tête, gêné.*) Mentionnez jamais mon nom, par exemple, s'il vous plaît. Vous pourriez me causer des ennuis sérieux. Vous, vous êtes comédien, vous pouvez dire n'importe quoi.

Daniel le regarde longuement sans répondre.

Bibliothèque nationale. Intérieur. Jour.

Dessins de positions de crucifiés dans un livre. Dans une encyclopédie moderne d'archéologie, dessin du crucifié de Jérusalem. On est à la Bibliothèque nationale, à la mezzanine. Une bibliothécaire à l'allure sérieuse et pénétrée pousse un chariot chargé de livres jusqu'à la table où Daniel travaille, un gros crayon dans la bouche. Elle se penche vers lui, met des livres sur sa table.

AURORE

(*En chuchotant.*) Est-ce que vous cherchez Jésus?

DANIEL

Euh... oui.

AURORE

C'est lui qui va vous trouver.

DANIEL

Ah oui?

AURORE

Que la paix soit avec toi.

> Elle s'éloigne avec un air mystérieux et sanc-
> tifié, se retourne vers lui. Daniel la regarde
> quelques instants, puis se remet au travail.

Chemin de la croix sur la montagne. Extérieur. Jour.

> En contre-plongée, on aperçoit la statue de
> pierre du Christ, les mains liées, immense, de-
> vant un mur du Sanctuaire. C'est la première
> station du Chemin de la croix. Daniel monte
> lentement les marches, regarde la statue, s'y
> appuie, réfléchit.

Loft de Constance. Intérieur. Jour.

> Daniel entre. Personne. Il dépose la clé sur un
> comptoir, son sac sur une table, enlève sa veste
> et, en la déposant, fait tomber des objets qui
> roulent sur le plancher; il se dirige vers la
> bibliothèque, y prend un livre. Constance sort
> de sa chambre, à la mezzanine. Elle aperçoit
> Daniel et sourit.

CONSTANCE

Tu es déjà là, toi?... Bon!

Daniel mime une question: devrais-je m'esquiver?

CONSTANCE

Non. (*Elle sourit, entrouvre la porte de sa chambre.*) Bon, écoute, sors, hein, on va pas jouer une scène de Feydeau.

Le père Leclerc sort de la chambre, mal à l'aise. Il enfile sa veste. La croix est toujours à sa boutonnière.

LECLERC

Bonjour.

DANIEL

Bonjour.

CONSTANCE

Bon. Je réchauffe le café.

LECLERC

Non. Il faut que je...

CONSTANCE

Hé! Ho! On ne se sauve pas après, Monsieur. Café.

Au coin cuisine, Constance verse du café dans des tasses, se retourne, sourit. Le père Leclerc marche lentement, tête basse, devant les grandes fenêtres du loft.

LECLERC

(*Il s'arrête.*) Je ne suis pas un très bon prêtre... enfin, comme vous voyez. J'ai déjà essayé mais... (*Il reprend sa marche.*) Je viens d'une famille très pauvre et très religieuse. J'étais fou du théâtre. À l'époque ça apparaissait comme une solution... Une façon de s'en sortir, si vous voulez... Enfin, j'ai voyagé régulièrement. J'ai vu les plus grandes mises en scène. Alec Guinness dans *Richard III*, premier acte, avec son couteau... (*Il joue, avec le geste d'enfoncer un couteau.*) «Now that the winter of our discontent is made glorious summer by this sun of York.» Ah... Gérard Philippe dans *Lorenzaccio*... Ah!

> Daniel l'écoute, s'appuie sur un mur. Constance porte le plateau à la table, où Leclerc s'est assis. Daniel s'installe sur le rebord d'une des grandes fenêtres.

CONSTANCE

Et après le théâtre, il allait voir les putains, hein. Les négresses de Harlem.

> Elle porte une tasse à Daniel.

LECLERC

Bien, à cette époque-là, ici, c'était plutôt difficile, pour un prêtre...

CONSTANCE

(*Elle s'assoit devant Leclerc.*) C'est pas tellement plus facile maintenant, je te ferai remarquer. À moins d'avoir le courage de laisser tout ça.

LECLERC

Je t'ai déjà expliqué!

DANIEL

Quoi? Qu'est-ce que vous avez expliqué?

LECLERC

Si j'envoyais ma lettre de démission à Rome maintenant, j'aurais droit à une paire de pantalons, une chemise, un blouson en nylon et cinquante dollars cash. C'est tout. Bye, bye.

CONSTANCE

Tu pourrais venir t'installer ici.

LECLERC

Je me trouve un peu vieux pour dormir par terre dans un sac de couchage.

CONSTANCE

Tu pourrais coucher dans mon lit. *(Silence.)* Évidemment, ce serait sûrement pas aussi confortable que dans ton bel appartement, avec les religieuses pour faire le petit déjeuner, et tout et tout.

DANIEL

Les petits déjeuners sont pas mal ici.

LECLERC

Je sais. Je sais.

> Il se lève, marche vers la porte en mettant sa cravate. Constance le raccompagne. Ils s'embrassent discrètement.

CONSTANCE

Salut.

LECLERC

À bientôt.

Leclerc sort. Constance revient près de Daniel.
Elle rit un peu, s'assoit près de lui.

CONSTANCE

Bien quoi?

Daniel la prend par le cou, elle appuie sa tête
sur ses genoux, il embrasse ses cheveux.

DANIEL

Chère Constance!

CONSTANCE

Oh, ça lui donne tellement de plaisir, et puis ça me fait
si peu de mal.

Daniel l'embrasse à nouveau et lui serre
l'épaule.

Île Notre-Dame. Extérieur. Jour.

Eau et verdure au loin. Martin conduit Daniel
et Constance dans un escalier extérieur qui
mène à un studio de mixage.

MARTIN

Il y a un studio en haut.

Studio de mixage. Intérieur. Jour.

Dans une grande salle obscure, au premier
plan, un technicien assis devant une énorme
console manipule des boutons. À l'arrière-
plan, René se tient debout devant un lutrin

éclairé par une faible lampe. La bande-
annonce d'un film s'achève à l'écran, tout au
fond. De face, René lit.

RENÉ

«Il est impossible de parler de création du monde ou de
début de l'univers.»

On revient face à l'écran, qui s'animera, sur
toute la surface de l'image.

RENÉ

«L'esprit humain ne peut concevoir le temps avant le
point zéro, cet instant, il y a quinze mille millions
d'années, où toute la matière observable était condensée
dans un diamètre pratiquement nul à une température
pratiquement inconcevable.»

Un point lumineux semble partir de l'horizon
et vient exploser devant René.

RENÉ

«Le Big Bang. Une explosion d'une puissance inimagi-
nable. Un million d'années plus tard, la chaleur commence à peine à se dissiper...»

Une porte s'ouvre derrière l'écran, Martin,
Daniel et Constance entrent. Ils sont un peu
perdus. Ils chuchotent.

CONSTANCE

On peut pas entrer ici.

MARTIN

Bien oui! Bien oui!

CONSTANCE

On est derrière l'écran.

DANIEL

Chut!

> Retour aux images cosmiques plein écran. On pénètre dans le film dont René lit le commentaire.

RENÉ

«Dans le fluide cosmique, des masses de matière vont se condenser sous l'effet de la gravitation. Les étoiles naissent et meurent. Notre soleil est l'une d'entre elles.»

> Daniel, Constance et Martin sont debout devant l'image. Ils voient le film à l'envers. Vus de dos, proches de l'immense écran, ils ont l'air perdus dans l'espace. On passera alternativement derrière et devant l'écran, avec l'image successivement à l'endroit et à l'envers.

RENÉ

«Nous habitons une planète minuscule, en orbite autour d'une étoile banale, à la périphérie d'une galaxie ordinaire, parmi des milliards d'autres galaxies. Nous ne savons pas si les systèmes planétaires sont nombreux dans l'univers. Si la plupart des étoiles sont accompagnées de quelques planètes, il est probable que d'autres formes de vie, analogues à la nôtre, existent par millions. Par contre, si les systèmes planétaires sont le résultat de quelques processus très exceptionnels de formation d'étoiles, nous pourrions alors être seuls au monde. Nous n'aurons peut-être jamais de réponses à ces questions: l'univers est en expansion et les distances de plus en plus infranchissables. Notre horizon cosmique est de quinze milliards d'années-lumière, l'âge de notre univers. Nous ne verrons jamais au-delà de cette limite. Il n'est pas inconcevable qu'il y ait d'autres univers au-delà du nôtre, mais nous ne pourrons jamais les observer. Dans cinq milliards d'années, notre soleil aura épuisé son carburant nucléaire. Notre terre retournera au gaz galactique dont elle a été formée. Mais il y aura déjà longtemps que nous serons disparus. Le monde a commencé sans l'humanité et il s'achèvera sans elle. Dans mille milliards d'années, quand le ciel sera faiblement éclairé par quelques très vieilles étoiles qui s'éteindront lentement, la durée de la vie telle que nous la connaissons n'aura été qu'un minuscule instant, pendant lequel nous aurons existé et, à la disparition du dernier esprit sur la terre, l'univers n'aura même pas senti sur lui le passage d'une ombre furtive.»

> Retour à l'écran noir et au visage de René. Il éteint la lumière du lutrin et se dirige vers la console. Il s'adresse à l'astrophysicien, que l'on découvre à droite de la console.

RENÉ

C'est vous qui avez écrit ça?

ASTROPHYSICIEN

Non. C'est un collage, c'est de la vulgarisation.

RENÉ

Ça fait beaucoup de questions sans réponses, hein?

ASTROPHYSICIEN

Oui, surtout que ça, c'est valable uniquement pour aujourd'hui; dans cinq ans, ça risque d'être complètement autre chose.

La tête de Martin apparaît à côté de l'écran.

MARTIN

René! Excusez-moi. *(Il murmure avec des gestes.)* Peux-tu venir?

René quitte l'astrophysicien.

Édifice du studio de mixage.
Île Notre-Dame. Extérieur. Jour.

Dans un corridor extérieur, vue sur la ville: arbres, ciel bleu, fleuve, gratte-ciel.

RENÉ

Mais c'est quoi, le texte?

DANIEL

On va l'écrire.

RENÉ

(Méfiant.) Un texte collectif?

DANIEL

Tu es pas obligé d'écrire non plus.

René devance les autres qui s'arrêtent. Il se retourne, leur fait face. Derrière lui, Montréal vue de l'île Notre-Dame.

RENÉ

J'aime ça pouvoir lire le texte avant de décider. C'est pour ça que je travaille pas beaucoup.

Un temps. Les trois autres sont surpris.

RENÉ

Je pense que vous êtes peut-être mieux de vous chercher quelqu'un d'autre. Désolé.

Il s'éloigne.

DANIEL

(Se gratte la tête, regarde les autres.) Bon.

René revient vers eux.

RENÉ

Je connais une fille qui serait probablement intéressée, mais c'est peut-être pas tout à fait le genre que vous cherchez.

Une place publique avec fontaine. Extérieur. Jour.

Un étang de marbre, entouré de hauts buildings. Des jets d'eau en jaillissent. Mireille, à peine vêtue de quelques chiffons diaphanes, s'avance vers la caméra. Elle marche sur l'eau, aérienne. Elle s'approche d'un homme très élégant, effleure sa joue d'un baiser furtif et disparaît. L'homme regarde la caméra.

HOMME ÉLÉGANT

«L'insaisissable légèreté de l'être!»

Il approche de son visage un flacon de parfum.

HOMME ÉLÉGANT

«Esprit, numéro sept!»

On découvre une équipe de film tournant cette publicité. Jerzy Strelisky et Denise Quintal se tiennent près de la caméra.

JERZY

Coupez.

QUINTAL

Non, c'est pas assez... aérien! Il faut que ce soit aérien.

JERZY

Aérien comment, ma chérie? Tu veux qu'on la fasse voler?

QUINTAL

Je sais pas. Mais il faut que ça soit comme Kundera. Tu vois. C'est ça le concept.

JERZY

Kundera, mais Kundera comment?

QUINTAL

Léger. Extrêmement léger. Pas de détails techniques! Je suis créative, moi! Ouf...

Jerzy se retourne, va vers le cameraman.

JERZY

Pierre!

L'homme élégant vient vers Quintal.

HOMME ÉLÉGANT

Pour moi, est-ce que ça allait?

QUINTAL

C'était parfait, trésor. C'est juste dommage qu'on puisse pas filmer tes fesses.

Elle lui pince une fesse.

HOMME ÉLÉGANT

(Excédé.) Oh! Denise!

Daniel, Martin et Constance s'avancent vers Mireille, qui a revêtu une robe de chambre et qui fume une cigarette près de la caméra.

Appartement de Jerzy et Mireille. Intérieur. Jour.

Un appartement hyper-moderne dans un gratte-ciel du centre-ville, très blanc, lumineux.

JERZY

(En camisole et bretelles, s'approche de Mireille, en chandail et slip; ils sont pieds nus.) Le Chemin de la croix? Et tu vas jouer le rôle de la Sainte Vierge? *Give me a break!* Mon chou, il y a cent cinquante filles qui sortent des écoles de théâtre chaque année.

MIREILLE

Je vois pas le rapport.

JERZY

Tu vois pas? Viens, je vais te le montrer, le rapport.

Il l'entraîne devant un grand miroir.

JERZY

Pour réussir dans la vie, ma petite puce, je te l'ai déjà dit,
il faut savoir exactement qui on est. Regarde.

JERZY

(*Il soulève son chandail sur ses fesses.*) Regarde. Tu ferais
bander un paraplégique! Ton plus grand talent, ma
petite puce, ça reste ton cul.

MIREILLE

(*Elle se retourne vers lui, s'appuie sur le miroir.*) Tu as
toujours cru ça, hein?

> Elle se sauve dans la chambre par un escalier
> qui conduit à une mezzanine.

JERZY

Mais je te dis ça parce que je t'aime, ma puce! Tu vas te
couvrir de ridicule dans cette histoire! Enfin merde!

> Il la regarde d'en bas. Elle est en train de
> mettre quelques vêtements dans un sac.

JERZY

On peut savoir à quoi tu joues là?

MIREILLE

Je te joue la scène du départ. Regarde bien, ma petite
puce. Une prise. *One take.* La première est la bonne.

JERZY

Pas le numéro de la femme forte! Tu n'as pas le talent
qu'il faut pour ça, mon lapin.

Loft de Constance. Intérieur. Nuit.

Gros plan sur Rosalie endormie dans les bras de Daniel.

DANIEL

Par exemple, à l'époque de l'Empire romain, quand un enfant venait au monde et que le père était pas heureux de cette naissance-là pour une raison ou une autre, il allait déposer le bébé dans la rue ou sur la place du marché.

CONSTANCE

(Hors champ.) Et alors?

DANIEL

Ah, le bébé mourait ou bien il était ramassé par des marchands d'esclaves.

Constance est assise par terre, Martin dans un fauteuil, plus loin.

CONSTANCE

Quelle horreur!

DANIEL

Ça s'appelait «exposer» un enfant. C'était très courant.

CONSTANCE

Mais la mère, elle?

DANIEL

Ça, on sait pas. Je suis en train de me rendre compte que c'est presque impossible de comprendre...

On sonne. Daniel tourne la tête, la porte s'ouvre, René apparaît. C'est Constance qui l'accueille. Elle est ébahie.

RENÉ

Salut.

CONSTANCE

Salut. Entre.

René s'avance.

RENÉ

Messieurs, bonsoir. Alors voilà. Est-ce que c'est possible d'inclure le monologue d'Hamlet dans le spectacle?

DANIEL

(Avec un rire.) Hum... C'est pas évident... mais ça se peut toujours...

RENÉ

Moi, j'ai toujours voulu dire ça. Mais comme il y a peu de chances maintenant que je puisse...

On sonne à la porte.

CONSTANCE

(De sa chambre.) Quelqu'un, allez répondre.

La porte s'ouvre sur Mireille.

MIREILLE

Bonsoir.

DANIEL

(Qui est allé ouvrir.) Bonsoir.

MIREILLE

Vous m'aviez donné l'adresse, alors... Voilà.

DANIEL

Entre.

Mireille s'avance dans l'appartement.

Pizzeria. Intérieur. Nuit.

Dans une pizzeria, le même soir. Un Italien est
à la caisse. Derrière lui un employé s'affaire
devant les fours à pizza. Daniel entre.

DANIEL

Je voudrais cinq pizzas pour emporter, s'il vous plaît.
Mais je n'ai pas d'argent.

ITALIEN

T'as pas d'argent, t'as pas de pizzas.

DANIEL

J'ai des amis qui ont faim.

ITALIEN

Ils travaillent pas, tes amis?

DANIEL

Ils travaillent, mais ils sont pas payés cher.

ITALIEN

Il faut qu'ils travaillent plus.

DANIEL

Ils voudraient bien, mais il y a pas toujours des emplois.

ITALIEN

Toi, tu travailles pas?

DANIEL

Je viens de me trouver quelque chose là, mais j'ai pas commencé encore.

ITALIEN

Moi, quand je suis arrivé ici, je lavais de la vaisselle dix-huit heures par jour. J'ai jamais demandé la charité à personne.

DANIEL

C'est jamais agréable.

ITALIEN

Il y a bien du monde qui ont faim.

DANIEL

Oui.

ITALIEN

Je peux pas tous les nourrir.

DANIEL

Non, mais cinq pizzas, vous pourriez.

ITALIEN

Je les *vends*, mes pizzas. Moi, j'ai un restaurant.

DANIEL

Vous êtes chanceux.

ITALIEN

Je travaille sept jours par semaine, trois cent soixante-cinq jours par année. De sept heures le matin à minuit le soir. Tu me trouves chanceux, toi?

DANIEL

Il y en a des pires.

ITALIEN

Si je donne à manger, je peux pas vivre. Je peux pas payer le salaire de mes employés. Les retenues d'impôt, l'assurance-chômage, les accidents de travail. Je suis pris à la gorge, moi. La banque, il faut que je la rembourse.

Daniel le regarde en silence.

ITALIEN

Puis je t'ai pas parlé des inspecteurs de la Ville. Ma femme, mes enfants. Ma belle-mère. Mes cousins. Il en débarque encore!

DANIEL

Laissez faire alors. Oubliez ça. *(Il sourit et s'éloigne.)*

ITALIEN

Cinq?

DANIEL

C'est ça.

ITALIEN

Mais juste ce soir, par exemple. Je veux pas te revoir demain, là!

DANIEL

Non, non.

ITALIEN

Puis pas garnies! Juste tomates-fromage!

DANIEL

C'est bon.

ITALIEN

(En hurlant à son employé.) Five medium! Cheese-tomato!

EMPLOYÉ

Five medium, cheese-tomato! O.K.!

Un silence. L'Italien regarde Daniel.

ITALIEN

(En hurlant à son employé.) Mushrooms!

EMPLOYÉ

Five medium, cheese-tomato-mushrooms! O.K.!

ITALIEN

Ah, fuck! All dressed!

EMPLOYÉ

Five medium, all dressed! O.K.!

L'Italien faussement en colère frappe une touche de sa caisse enregistreuse. L'indicatif *No sale* apparaît.

Loft de Constance. Intérieur. Nuit.

Daniel, Mireille, René, Martin et Constance sont à table. Ils mangent de la pizza.

RENÉ

Ça vous inquiète pas de jouer ça?

CONSTANCE

Pourquoi?

RENÉ

C'est une tragédie. C'est dangereux.

MIREILLE

Ah, dangereux d'être ridicules, hein? Ouais, c'est ça que Jerzy me disait.

RENÉ

Quand on joue une tragédie, il arrive souvent des malheurs.

MIREILLE

Oh, dis pas des trucs comme ça, hein.

DANIEL

Bof! *Que sera, sera.*

MARTIN

Whatever will be, will be.

RENÉ

The future is not ours to see.

CONSTANCE

Que sera, sera.

MIREILLE

Cha, cha, cha!

> Rires. Daniel essaie de déboucher une bou-
> teille, la passe à Martin.

Montréal vue de la montagne. Extérieur. Aube.

> Soleil levant sur Montréal, ses gratte-ciel, le
> fleuve. Ciels.

Loft de Constance. Intérieur. Jour.

> Rosalie sort de sa chambre en pyjama, s'appro-
> che à pas de loup de Daniel qui dort par terre,
> dans son sac de couchage.

ROSALIE

Réveille! Hé, réveille! On va jouer au lion.

> Daniel ouvre un œil et rugit en lui tendant les
> bras. Les deux rigolent. Dans la salle de bains,
> Constance se coiffe. Mireille entre, se regarde
> dans le miroir et fait une grimace de dégoût.

MIREILLE

Ah la la! la gueule... T'as du maquillage, toi?

CONSTANCE

J'ai juste un crayon.

MIREILLE

Oh, non, non, t'as pas de l'anti-cerne, de la poudre...

CONSTANCE

J'ai rien, je te jure.

MIREILLE

Ah non, mais je peux pas sortir comme ça, tu as vu la gueule que j'ai? Non, c'est pas possible.

CONSTANCE

(*Ironique.*) Je sais pas ce que tu vas faire.

MIREILLE

Non mais rigole pas! C'est sérieux, là, c'est sérieux. Non, non, moi je veux pas de ça. (*Elle frappe le miroir en se retournant.*) Non, non.

Constance rigole.

La table du petit déjeuner. Daniel est assis avec Rosalie sur les genoux. Mireille est assise au bout de la table. Elle porte des lunettes noires, se ronge les ongles. Constance s'affaire autour de la cuisinière.

ROSALIE

(*Hors champ.*) Pourquoi est-ce qu'elle a des lunettes, la madame?

DANIEL

Non mais la madame a des lunettes pour se cacher.
Parce qu'elle est très laide. Regarde, je vais te montrer.
(Il retire rapidement les lunettes du nez de Mireille qui fait un sourire forcé suivi d'une grimace.) Elle est laide, hein?
Beurk! *(Il se cache derrière Rosalie.)*

ROSALIE

Beurk!

MIREILLE

Oh, ça va, hein! *(Elle remet ses lunettes.)*

> Constance s'approche de la table avec une cafetière et une corbeille de pain. Elle s'assoit.

CONSTANCE

Tu commences à avoir une très mauvaise influence sur ma fille, toi. On va t'envoyer travailler à ta Passion.

> Rire de Rosalie.

Chemin de la croix sur la montagne. Extérieur. Jour.

> Les acteurs sont debout devant la statue de la première station: «Jésus est condamné à mort». Assis au bas de la rampe de pierre, Daniel les fait répéter. Ils ont un texte à la main, qu'ils lisent tout en jouant. Ils sont en jeans.

MARTIN

(Avec une emphase «théâtrale».) «Comment vous raconter cette histoire?»

RENÉ

(Avec la même emphase.) «La plus célèbre du monde!»

DANIEL

Non. Un peu moins... Un peu plus «la tempérance veloutée...»

RENÉ

(Moqueur.) «... dans l'ouragan de la passion». D'accord. «La plus célèbre du monde.»

CONSTANCE

«Celle que tout le monde croit connaître. Une histoire orientale, lointaine et mystérieuse.»

MIREILLE

(Très timidement, très hésitante.) «L'histoire du prophète juif Yeshou Ben Pantera, celui que nous appelons Jésus.»

DANIEL

Parle-moi.

MIREILLE

Comment?

DANIEL

Parle-moi.

MIREILLE

Mais c'est difficile comme ça, je...·Je suis pas maquillée, j'ai pas de costume, je sais pas... J'ai pas l'habitude. *(Daniel la regarde en souriant. Il lui fait signe d'enchaîner. Elle reprend, les yeux fermés.)* «L'histoire du prophète juif

Yeshou Ben Pantera, celui que nous appelons tous Jésus.»

> Elle ouvre les yeux. Daniel lui sourit.

CONSTANCE

«Les historiens de l'époque, Tacite, Suétone, Pline, Flavius Josèphe, le mentionnent en passant au détour d'une phrase.»

RENÉ

«Le peu que nous savons de lui nous vient de quelques témoignages, recueillis par des disciples, un siècle après sa mort.»

MARTIN

«Les disciples sont généralement menteurs. Ils embellissent.»

MIREILLE

«On ne sait pas où il est né.»

CONSTANCE

«On ne sait pas quel âge il avait quand il est mort. Certains ont dit vingt-quatre ans, d'autres ont dit cinquante.»

MIREILLE

(Sans lire son texte.) «Mais on est relativement sûr que le 7 avril de l'an 30, ou le 27 avril de l'an 31, ou le 3 avril de l'an 33, il comparut devant le cinquième procurateur de Judée, le chevalier romain Ponce Pilate.»

Chemin de la croix sur la montagne. Sentiers. Étang. Extérieur. Nuit.

Première représentation du Chemin de la croix sur la montagne. C'est la nuit. Des réflecteurs multicolores accrochés aux arbres éclairent les comédiens qui sont maintenant maquillés et en costumes. Une cinquantaine de spectateurs de tous âges les regardent jouer. Dans cette scène, René joue Ponce Pilate, Daniel joue Jésus, Martin joue un grand prêtre juif, et Constance et Mireille, des soldats romains. Constance et Mireille tiennent Daniel par les bras et le tirent vers René qui consulte des tablettes gravées, assis au pied de la statue du Christ aux mains liées. Daniel se débat.

RENÉ

De quoi êtes-vous accusé?

DANIEL

C'est vous qui le savez.

RENÉ

Vous appartenez à une secte? Vous êtes un autre prophète? C'est ça?

DANIEL

Est-ce que vous dites ça de vous-même ou si d'autres vous l'ont répété?

RENÉ

(Il se lève et s'approche. On découvre que les yeux de la statue

sont bandés par un tissu rouge.) Vous avez parlé d'un royaume que vous voulez établir?

DANIEL

Un royaume qui n'est pas de ce monde.

RENÉ

Vous voulez dire une sorte d'élysée? *(Il s'assoit sur la rampe de pierre.)* Après la mort? Vous n'avez pas prêché contre César pour le renversement de l'ordre romain?

DANIEL

Non.

RENÉ

Alors, qu'est-ce que vous leur racontiez, à vos disciples?

DANIEL

Nul n'a plus grand amour que celui-ci: donner sa vie pour ses amis.

RENÉ

(Désabusé.) Vous ne trouvez pas ça un peu optimiste comme doctrine? À Rome vous n'auriez pas survécu une semaine. *(Il traverse la scène et vient près de Martin.)* Inoffensif. *(Il lui remet les tablettes.)*

MARTIN

Cet homme menace l'ordre établi.

RENÉ

Je ne peux pas faire condamner tous les exaltés du Moyen-Orient. Il faudrait faire disparaître la moitié de la population.

MARTIN

Cet homme a passé sa vie à dire du mal des prêtres.

RENÉ

Oh, vous savez, personnellement, j'ai toujours pensé qu'un prêtre était soit un idiot, soit un profiteur. Alors...

MARTIN

Les prêtres sont du côté de Rome. Vous ne voudriez pas que certains bruits circulent? Tibère Auguste est un empereur soupçonneux. Nous voulons vous aider à gouverner le pays sans problème, mais... Il faut faire un exemple de temps en temps. Cet homme attire les foules, il a ses disciples...

RENÉ

...qui ne sont pas armés.

MARTIN

Il fait des miracles, il a même provoqué des émeutes au Temple. Crucifiez-le. *(Il part, puis se retourne vers René.)* Il vaut mieux sacrifier un seul homme de temps en temps...

René revient vers Daniel.

RENÉ

Je n'arrive pas à comprendre pourquoi vos ennemis sont si acharnés. Votre propre famille vous a plus ou moins renié, à Nazareth vous êtes devenu indésirable, ici à Jérusalem toute la hiérarchie est contre vous, comment est-ce que vous avez fait pour vous mettre tous ces gens-là à dos en même temps?

DANIEL

Ils me haïssent sans raison. Simplement parce que j'ai témoigné de la vérité.

RENÉ

(Commence à descendre vers Daniel.) Qu'est-ce que la vérité? *(Un silence. René s'assoit sur une marche.)* Je vais vous livrer à mes soldats. Ce sont des brutes, évidemment. On n'envoie pas ici les meilleures légions. Vous allez être flagellé, puis on va vous crucifier. *(Gros plan de Daniel.)* Ça va être un très mauvais moment à passer. Vous n'êtes pas romain, mais essayez d'être courageux. Dites-vous que c'est peut-être un service que je vous rends. *(Se relevant, il continue de descendre les marches vers Daniel.)* Un de nos philosophes disait que dans les maux de la vie la faculté de se tuer est le plus grand bienfait qu'ait reçu l'homme. Dans quelques heures vous allez traverser le Styx, la rivière de la mort, d'où personne n'est jamais revenu, sauf Orphée, paraît-il, autrefois. Alors vous verrez bien si votre royaume est sur l'autre rive, ou si Jupiter Capitolin vous y attend, ou Athéna ou le dieu des Germains ou celui des Francs. Les dieux sont tellement nombreux!... Peut-être aussi que cette rivière n'a pas d'autre rive et qu'elle s'abîme dans un trou noir. Enfin, vous serez fixé. Courage. Emmenez-le.

> On revient aux spectateurs que Bob Chalifoux, en uniforme, dirige avec sa lampe de poche.

CHALIFOUX

Deuxième station, par ici, s'il vous plaît. Suivez le sentier. C'est pas mal plus loin que l'année passée.

> Les comédiens se changent à toute vitesse. Deuxième station; on surplombe les lumières de la ville. Mireille et Constance sont habillées

comme des archéologues modernes: chemises kaki, bottes, vestes de toile avec de multiples poches d'où sortent des brosses, des stylos, etc.

MIREILLE

(S'approche d'une tranchée qui a été creusée comme sur les sites archéologiques. Elle se tourne vers les spectateurs.) «Notre connaissance de la vie de Jésus est tellement mince que certains ont prétendu qu'il n'avait jamais existé.»

CONSTANCE

(La rejoint.) «Le paradoxe, c'est que Jésus n'était pas chrétien. Il était juif. Il était circoncis et il observait la loi juive.»

> Elles descendent dans la tranchée, on ne voit plus que leurs têtes et leurs épaules. Les spectateurs s'approchent.

MIREILLE

«Il était obsédé par le destin d'Israël. Et comme nous tous il était convaincu que l'époque dans laquelle il vivait était la plus importante de l'histoire.»

CONSTANCE

«Et que la fin du monde était imminente.»

> Dans la tranchée, on voit une mosaïque sur une paroi.

CONSTANCE

(Hors champ.) «Les plus anciennes mosaïques le représentent comme un jeune homme imberbe.»

> À côté, Constance révèle un fragment byzantin en brossant la paroi de terre.

CONSTANCE

«Plus tard, les artistes byzantins lui dessinèrent une barbe, parce qu'à Byzance la barbe était un signe de puissance.»

CONSTANCE

(Hors champ, pendant qu'on voit les visages, sérieux, émus, troublés, du père Leclerc, de Malouin et Miroir, de Quintal et Berger.) «Les Juifs reprochaient aux premiers chrétiens de suivre un faux prophète né du fruit de la fornication. Ils l'appelaient Jésus, Yeshou Ben Pantera, le fils de Pantera.»

Elle se relève, vient au bord de la tranchée, avec une tablette de cire exactement semblable à celle que consultait Ponce Pilate. Elle la dépoussière avec ses doigts.

CONSTANCE

«On vient de découvrir l'ordre de mission d'un soldat romain, transféré de Capharnaüm à la frontière de Germanie, en l'an 6. Ce soldat s'appelait Pantera.»

Mireille pendant ce temps a mis en marche un ordinateur portatif placé sur le bord de la tranchée. Elle enfonce quelques touches du clavier. On voit sur l'écran des séries de chiffres ou des caractères étranges. Derrière elle, les lumières de la ville, toujours.

MIREILLE

«Dans toute la tradition juive on dit toujours d'un homme qu'il est le fils de son père, à moins qu'il ne s'agisse d'un enfant illégitime. Quand Jésus revint dans son village, les habitants s'exclamèrent: Celui-là n'est-il pas le charpentier, le fils de Marie?»

Mireille et Constance marchent dans un sentier, suivies des spectateurs. Parmi eux, Bob Chalifoux, le garde de sécurité. Elles portent des costumes d'époque, tuniques blanches et brunes, voiles gris ou blancs.

CONSTANCE

«Nous avons la mémoire courte. Déjà nous n'arrivons plus à imaginer comment les gens vivaient et pensaient il y a un siècle à peine.»

MIREILLE

«Cette histoire est vieille de deux mille ans. Elle se passe à une époque où les gens croyaient que la terre était plate, et que les étoiles étaient des luminaires suspendus à la voûte du ciel.»

CONSTANCE

«On croyait aux mauvais esprits, aux démons, aux guérisons miraculeuses, à la résurrection des morts. Tout l'Orient grouillait de prophètes, de charlatans, de magiciens.»

MIREILLE

«Judas le Galiléen!»

CONSTANCE

«Theudas!»

MIREILLE

«Le grand Égyptien!»

CONSTANCE

«Simon le Magicien!»

> Constance lève le bras vers la gauche. «Oh!»
> de surprise des spectateurs devant un éclate-
> ment d'étincelles suivi de fumée. Martin,
> habillé en magicien, apparaît lorsque la fumée
> se dissipe.

MARTIN

Par la puissance de ma pensée, je peux séparer en deux
les eaux du Jourdain!

> Nouvelle gerbe d'étincelles et nuage de fumée.
> Nouveaux cris des spectateurs. Martin dis-
> paraît. Un souffle puissant se fait entendre à la
> droite des spectateurs. Ceux-ci se retournent.
> René apparaît dans le ciel. Il paraît voler.

RENÉ

À mon commandement, les murailles de Jérusalem vont
s'effondrer! L'esprit puissant commande aux lois de la
nature!

> René disparaît derrière un arbre.

MIREILLE

«Jésus était un magicien lui aussi. Les gens racontaient
qu'il avait passé son enfance en Égypte, patrie de la
magie.»

CONSTANCE

«Ses miracles étaient probablement plus populaires que
son enseignement.»

> On est arrivé au bord d'un étang. Daniel est
> dans une barque avec Martin et René. Celui-ci
> tient un filet de pêche dans ses mains. Daniel
> descend de la barque et marche lentement sur
> l'eau vers les spectateurs groupés sur la rive.

Martin descend à son tour de la barque et
coule à pic.

MARTIN

Sauve-moi, Seigneur!

Daniel le regarde en souriant. Dans le ciel
noir, la lune, pleine.

DANIEL

Homme de peu de foi.

Daniel marche sur l'eau jusqu'à la rive, où il
croise Constance qui se retourne vers lui.

CONSTANCE

Guéris-moi.

La prunelle de ses yeux est blanche, elle est
aveugle. Daniel met de la salive sur ses pouces
et en frotte les paupières de Constance. Elle
ouvre les yeux, elle est guérie.

CONSTANCE

Je te vois!

Daniel s'éloigne de Constance. Il parle maintenant aux spectateurs.

DANIEL

Ne vous tourmentez pas. Personne, en s'inquiétant, ne
peut ajouter une heure à la longueur de sa vie.

Il arrive devant Mireille, couchée par terre.
Elle est recouverte d'un linceul, morte.

DANIEL

Thalita Khoum. Lève-toi!

> Il aide Mireille à se relever. Elle bouge, elle fait quelques pas. Une jeune Haïtienne se détache des spectateurs et se précipite vers Daniel.

HAÏTIENNE

Jésus, je suis à toi! Je t'appartiens! Pardonne-moi, Jésus, pardonne-moi, j'ai péché. Parle-moi, Jésus, parle-moi, Jésus, mon doux Jésus...

> Bob Chalifoux se précipite sur elle, Daniel est éberlué.

CHALIFOUX

Madame, s'il vous plaît. Dérangez pas les acteurs!

HAÏTIENNE

Jésus! Pardonne-moi. *(Elle s'accroche à lui.)* J'ai péché! Pardonne-moi.

CHALIFOUX

Je vous en prie, contrôlez-vous. Contrôlez-vous!

HAÏTIENNE

Jésus, parle-moi! Parle-moi, Jésus! *(À Chalifoux.)* Voulez-vous bien, vous. *(À Daniel)* Jésus, Jésus!

CHALIFOUX

C'est assez, là. *(Il la prend dans ses bras et l'emmène.)*

HAÏTIENNE

Jésus, Jésus, j'ai besoin de toi, je t'aime, tu es toute ma vie...

> Chalifoux la maîtrise et la dépose enfin. Daniel tourne la tête vers la prochaine scène. Dans le sable, autour d'un feu, Martin, Constance et René sont assis. Daniel va vers eux, ramasse par terre un panier contenant du pain. Il se dirige vers les spectateurs.

DANIEL

(Leur donnant du pain.) Ne vous inquiétez pas de ce que vous mangerez ni comment vous vous habillerez. À chaque jour suffit sa peine. Vivez en paix les uns avec les autres. Ne résistez pas aux méchants. À qui veut vous faire un procès et prendre votre tunique, laissez-lui aussi votre manteau. *(S'approchant de John Lambert et des jumelles Pommerleau.)* Il sera difficile pour ceux qui ont des richesses d'entrer dans le royaume de Dieu. Car où est votre trésor, là aussi est votre cœur. *(Il tend un pain à Lambert, puis s'éloigne.)* Si vous aimez ceux qui vous aiment, quel mérite avez-vous? Aimez ceux qui vous veulent du mal.

> Daniel est assis près du feu avec Mireille, Constance, René et Martin. Ils mangent des poissons grillés et boivent du vin.

DANIEL

Quand vous recevez à dîner, invitez les pauvres, les estropiés, les boiteux, les aveugles. En vérité, je vous le dis: les prostituées arriveront les premières dans le royaume de Dieu.

MIREILLE

(Bijoux clinquants, bras nus, riant et levant son verre, pompette.) Ouais!

DANIEL

Ne jugez pas et vous ne serez pas jugés. Pardonnez. Qui les gens disent-ils que je suis?

RENÉ

Certains disent que tu es Jean-Baptiste ressuscité.

CONSTANCE

(Coiffée, bras nus, portant des bijoux.) D'autres disent que tu es Élie.

MIREILLE

Ou un des prophètes.

DANIEL

Et vous, qui dites-vous que je suis?

MARTIN

Mais nous pensons que tu es le Christ, le Messie.

DANIEL

Ne parlez jamais de moi à personne. Je vous défends de dire que je suis le Christ. Je suis le fils de l'homme. Je ne vous dis pas de quelle autorité je fais tout ça.

> Il se lève. Les autres le regardent. Martin se lève aussi.

MARTIN

Où vas-tu...?

DANIEL

Tu me suivras plus tard.

Il s'éloigne, s'appuie à un arbre en tournant le dos aux spectateurs.

HAÏTIENNE

(Hors champ.) Jésus! Sauve-toi, Jésus!

Deux ombres vêtues de noir s'emparent de Daniel et l'entraînent.

HAÏTIENNE

Jésus, sauve-toi! Sauve-toi, Jésus!

CHALIFOUX

Ça suffit là, Madame. Le spectacle, il est là-bas, pas ici. Bon. O.K., tout le monde. Prochaine station, par là-bas!

Les spectateurs s'avancent. Parmi eux, Constance et Mireille, habillées comme tout à l'heure de tuniques et de voiles bruns ou gris. Daniel, nu, est attaché face à un arbre. Martin et René le flagellent. La scène est éclairée par un projecteur rouge.

CONSTANCE

«La flagellation avait pour but d'accélérer la mort.»

MIREILLE

«Les crucifixions étaient fréquentes. Il y en avait probablement chaque semaine à Jérusalem. Celle-ci n'avait rien de particulier. Un vague charlatan.»

CONSTANCE

«À cette époque, la vie était courte et brutale.»

MIREILLE

«Il devait bien y avoir une petite foule, comme ici ce soir. Les exécutions ont toujours été des spectacles populaires.»

CONSTANCE

«C'est comme pour les accidents sur les autoroutes: il y a toujours des amateurs.»

> Constance et Mireille continuent de marcher, précédant les spectateurs vers la douzième station. Plantés un peu au hasard dans le sol, une dizaine de poteaux avec des sellettes en bois, prêts à accueillir les condamnés. Çà et là, des braseros éclairent le chemin.

CONSTANCE

«On commença à pratiquer la crucifixion six siècles avant Jésus-Christ.»

MIREILLE

«C'était un adoucissement des mœurs. Les Assyriens, eux, préféraient l'empalement.»

CONSTANCE

«À Babylone, Darius, le roi de Perse, avait crucifié trois mille opposants à sa couronne.»

MIREILLE

«Après le siège de la ville de Tyr au Liban, deux mille soldats furent crucifiés au bord de la plage.»

CONSTANCE

«Quatre-vingts ans avant Jésus, Alexandre Jannée, le roi de Judée, avait crucifié huit cents Pharisiens.»

MIREILLE

«Après la révolte des esclaves, menés par Spartacus, sept mille soldats furent crucifiés le long de la voie Appienne entre Rome et Capoue.»

> Elles s'arrêtent au milieu des poteaux. En fond de scène, les lumières de la ville.

CONSTANCE

«Les poteaux de la mort étaient plantés en permanence dans les lieux publics.»

MIREILLE

«Quintilien recommandait les carrefours achalandés: il y voyait un excellent encouragement à la moralité publique.»

CONSTANCE

«La coutume voulait que le condamné porte lui-même la barre transversale de sa croix.»

> Les spectateurs s'écartent et Daniel avance en titubant. Il est torse nu, sa tunique est attachée à ses hanches. Son visage et son corps sont couverts de sang. Ses bras sont attachés à une poutre avec des cordes. Il est suivi de René et Martin armés de lances et qui portent des ceintures de charpentiers avec des marteaux et des clous. Ils ont aussi des cordes sur l'épaule. Mireille s'approche et offre un gobelet à Daniel. Il décline...

CONSTANCE

«En Palestine, on lui offrait du vin mélangé à de la myrrhe. C'était un stupéfiant, pour atténuer la douleur.»

René et Martin arrachent la tunique de Daniel et le font tomber par terre. Ils le chevauchent et lui clouent les avant-bras à la poutre. Puis ils le relèvent, l'un d'eux le charge sur son épaule, et ils le hissent sur la sellette d'un des poteaux; ils fixent la poutre au poteau. Puis ils replient les jambes de Daniel sous lui et enfoncent un clou à travers les os des talons. La scène est rapide, silencieuse, violente. On voit Daniel, dans la position du crucifié qu'il avait vue dans les livres de la Bibliothèque nationale. Au fond, les lumières de la ville. À son cou, un écriteau: «Jésus, roi des Juifs.»

CONSTANCE

(Hors champ.) «Et après tout cela, le condamné attendait la mort.»

MIREILLE

(Hors champ aussi, jusqu'à la réplique de Daniel.) «Elle était très lente à venir.»

CONSTANCE

«La plupart des crucifiés vivaient au moins deux jours.»

MIREILLE

«Les plus robustes pouvaient durer jusqu'à une semaine.»

CONSTANCE

«Songez que nous sommes au Moyen-Orient: une chaleur étouffante.»

MIREILLE

«Le soleil, les mouches.»

CONSTANCE

«Les vautours, les chiens errants, les rats. La mort venait par épuisement.»

MIREILLE

«Par asphyxie, à cause des bras levés.»

DANIEL

Soif!

> Une éponge apparaît, ruisselante, au bout d'une perche. Il tente de boire.

DANIEL

... abandonné...

> Il penche la tête et s'évanouit.

CONSTANCE

«Très souvent les Romains laissaient les cadavres se décomposer sur leur croix.»

MIREILLE

«Mais cette coutume répugnait aux Juifs.»

CONSTANCE

(Avec émotion; elle détourne la tête, ne pouvant supporter le spectacle.) «La crucifixion était un spectacle si effrayant que les premiers chrétiens ne la représentaient jamais.»

> Constance s'éloigne.

MIREILLE

«Ce n'est que cinq siècles plus tard que les artistes commencèrent à peindre Jésus en croix.»

Elle s'éloigne aussi, suivie des spectateurs. René s'approche de Daniel et lui enfonce une lance dans la poitrine. Celui-ci sursaute, meurt.

Les comédiens (sauf Daniel) dégringolent un talus vers «la grotte» pour la dernière scène. Daniel, seul sur sa croix, au milieu des poteaux de crucifixion. Autour de lui, les braseros flambent toujours. Derrière lui, au loin, les lumières de la ville luisent aussi comme des feux. Le gardien Chalifoux précède les spectateurs à l'entrée de «la grotte», dont il ouvre la lourde porte.

CHALIFOUX

Dernière station. Attention à l'escalier, il est assez à pic.

Les spectateurs entrent un à un. On y reconnaît les gens du milieu du théâtre.

MIROIR

L'utilisation des lieux est redoutable!

MALOUIN

Je suis tellement émue!

Garibaldi rejoint Lambert dans la file et l'apostrophe.

GARIBALDI

Mais, à part la mini-série, là, est-ce que vous avez d'autres projets?

LAMBERT

(Ennuyé.) Non, non, rien de signé.

Mimique surprise et un peu choquée de Garibaldi.

CHALIFOUX

(Hors champ.) On fait ça en silence, s'il vous plaît, on retarde pas le monde, là.

Dans la foule qui entre, Quintal et Berger.

QUINTAL

Qu'est-ce que tu as?

BERGER

Ah, rien...

Salle sous le Sanctuaire. Intérieur. Nuit.

À l'intérieur de la grande salle voûtée, éclairée par des torches le long des parois, Miroir et Malouin achèvent de descendre l'escalier de fer. Devant eux, Martin, René et Constance, assis, portant de longues tuniques blanches.

CONSTANCE

«Il était mort depuis longtemps. Cinq ans, dix ans peut-être. Les disciples s'étaient dispersés. Déçus, amers et désespérés.»

RENÉ

«Mourir, dormir. Rien d'autre. En finir avec le chagrin et les milliers d'agressions que nos corps doivent subir. Voilà la délivrance que nous souhaitons tous. *(Il se lève.)* Mourir, dormir... peut-être rêver... Voilà l'ennui. Quand nous serons enfin libérés de ces liens charnels, quels rêves viendront hanter notre sommeil final? Voilà ce qui nous arrête. Cette crainte prolonge la calamité de la vie.

Car autrement, qui pourrait supporter les humiliations du temps qui passe, les torts des oppresseurs, les insultes des vaniteux, les douleurs de l'amour méprisé, les lenteurs de la justice, l'arrogance des fonctionnaires, les injures que font subir aux honnêtes gens les crapules? Qui voudrait supporter le fardeau de gémir et de suer tout le long d'une vie ennuyeuse et pénible, si ce n'était de la crainte de quelque chose après la mort, cette contrée mystérieuse d'où ne revient jamais aucun voyageur et qui nous force à subir des maux que nous connaissons plutôt qu'à nous précipiter vers d'autres dont nous ne savons rien.»

CONSTANCE

«Aucun voyageur sauf un. Sauf Lui.»

> Du fond de la salle, au-delà d'une immense grille derrière laquelle éclate une lumière bleutée et dont les portes s'ouvrent et se referment automatiquement sur son passage, Mireille court vers Martin.

MIREILLE

(Rayonnante.) Je l'ai vu!

MARTIN

(Il se lève.) Qui?

MIREILLE

Lui!

MARTIN

Voyons!

MIREILLE

Je te jure! Enfin, au début je l'ai pas... je l'ai pas reconnu, c'était pas exactement lui. Et puis tout d'un coup j'ai senti que c'était lui. C'était lui qui me parlait. Il était présent, il était là.

MARTIN

(Haussant les épaules et s'éloignant.) Hum!

MIREILLE

Je te jure! Je te jure, crois-moi!

> Martin rejoint Constance et ils font quelques pas ensemble. Ils arrivent devant René; son capuchon est rabattu sur ses yeux.

RENÉ

Vous avez l'air bien tristes, vous deux.

CONSTANCE

Nous parlions d'un ami que nous avons perdu autrefois.

MARTIN

Un prophète exceptionnel.

> René sort une miche de pain d'un sac de toile. Il la rompt, leur en donne à chacun un morceau.

RENÉ

Tenez.

> Martin tend la main, Constance aussi. Ils regardent le pain, se regardent, regardent René.

CONSTANCE

Seigneur!

Constance embrasse René.

CONSTANCE

C'est toi! C'est toi!

MIREILLE

«Peu à peu, beaucoup furent convaincus qu'il était là. Son corps avait changé. Personne ne le reconnaissait jamais au départ, mais ils finissaient tous par croire qu'il était présent au milieu d'eux. À part Pierre et Jean, ce n'étaient même pas les disciples d'autrefois, mais d'autres: Paul le Pharisien, Barnabé, Étienne et puis des étrangers, des Grecs, des Romains.»

CONSTANCE

(En marchant vers les spectateurs.) «Leur conviction était si profonde qu'ils étaient prêts à mourir pour elle.»

MIREILLE

«Ils furent crucifiés à leur tour. Décapités, lapidés.»

CONSTANCE

«Ils demeuraient inébranlables: Jésus avait vaincu la mort, et Il les attendait dans son royaume.»

MIREILLE

«Ils incarnaient l'espoir. Le sentiment le plus irrationnel et le plus indéracinable. Le mystère de l'espérance, qui rend la vie supportable, perdu dans un univers énigmatique.»

Les comédiens passent parmi les spectateurs pour revenir vers l'escalier de l'entrée.

CONSTANCE

(À une spectatrice attentive.) Il appartient à chacun de juger le moment venu et de choisir les voies du salut. N'interrogez personne d'autre que vous. Il faut se fier à soi-même avec humilité et courage.

MARTIN

(À quelques spectateurs.) Comblez toutes les failles, toutes les fissures qui existent entre vous et les autres. *(À Leclerc.)* Aimez, craignez, suppliez, marchez avec eux.

> Il dépasse le père Leclerc, qui se retourne et le suit du regard. René marche au milieu des spectateurs, lui aussi.

RENÉ

Au fond, notre vie est très simple. Elle ne devient d'une complexité insurmontable que lorsqu'on pense uniquement à soi. *(Il s'est arrêté entre Garibaldi et Malouin.)* Dès l'instant où on ne pense plus à soi, mais où on se demande comment aider les autres, la vie devient parfaitement simple.

> Constance passe entre Cardinal et Miroir, touchant celui-ci au bras.

CONSTANCE

Jésus est vivant, nous l'avons rencontré!

> Les comédiens (sauf Daniel) se regroupent au haut de l'escalier, dans une lumière douce. Ils s'adressent à tous.

MIREILLE

Aimez-vous les uns les autres!

RENÉ

Cherchez le salut en vous-mêmes!

TOUS LES COMÉDIENS

Que la paix soit avec vous et avec votre esprit!

> Les réflecteurs s'éteignent. Un moment d'obs-
> curité. Puis Daniel ouvre la porte et descend
> l'escalier. La lumière coule alors de l'exté-
> rieur, et les entoure d'un halo. Une fumée
> céleste flotte sur la scène. Au milieu des
> applaudissements et des bravos, les comédiens
> saluent. On isole Garibaldi qui écrase une
> larme entre deux applaudissements. Malouin,
> Miroir, Cardinal, tous applaudissent. Leclerc,
> sombre, ne bouge pas.

Chemin de la croix sur la montagne. Extérieur. Nuit.

> À l'extérieur, après la représentation, les criti-
> ques se précipitent sur les comédiens.

GARIBALDI

(Son mouchoir à la main, les bras tendus.) Mon Dieu!...

MALOUIN

C'est beau, c'est riche. C'est fort. C'est tellement fort!

MIROIR

(Prenant la main de Daniel dans les siennes.) Moi, je vous le dis, je vous le dis tout de suite: j'aime... beaucoup. C'est un spectacle incontournable!

DANIEL

Merci.

MALOUIN

Il faut absolument que vous fassiez mon émission.

GARIBALDI

(À René et Martin.) Ah, c'est b... c'est... c'est beau, c'est beau! Mais d'où est-ce que vous sortez, vous deux? C'est la première fois que je vous vois!

MARTIN

Ben, euh... on a joué underground beaucoup.

GARIBALDI

Ah?

MARTIN

Et puis... un petit peu de recherche.

RENÉ

C'est ça, des choses alternatives.

GARIBALDI

Oui, mais là, sortez-en. Sortez-en! Avec le talent que vous avez! C'... c'est...

MARTIN

C'est ça.

RENÉ

C'est sûr.

LAMBERT

(À Mireille.) Tu me surprends, Mireille. Tu me surprends.

MIREILLE

(Enlevant son voile.) Tu aurais pas cru, hein?

LAMBERT

Honnêtement, non. C'est magnifique. *(Il se tourne vers Constance, va vers elle, l'embrasse.)* Bravo.

CONSTANCE

Merci. Vous êtes bien John Lambert, c'est ça...?

Lambert acquiesce en souriant.

CONSTANCE

C'est juste que ça fait drôle de vous voir comme ça, en personne.

LAMBERT

J'espère qu'on va travailler ensemble un jour.

CONSTANCE

Euh... oui, certainement.

Il s'éloigne. Elle retire son voile, sourit, manifestement ravie.

GARIBALDI

(À Daniel.) Oh, oh, vous, là, vous, vous m'avez fait pleurer!

MIROIR

Encore!

GARIBALDI

C'est tellement impliquant. C'est... Vous êtes le meilleur acteur de votre génération! Mais je le pense!

MALOUIN

(À Cardinal.) C'est formidable, hein?

CARDINAL

Ouais, surtout avec un sujet comme ça.

ZABOU

C'est un beau sujet, moi, je trouve.

CARDINAL

Oui, mais on l'a déjà vu un peu, ma chérie.

ZABOU

Moi, c'était la première fois.

Près de l'entrée de la grotte, un peu en retrait.

LAMBERT

Je trouve ça fascinant, des aventures comme ça; c'est complètement fou, jouer la Passion sur la montagne. C'est des choses comme ça que je voudrais faire.

DANIEL

Je peux t'écrire un rôle si tu veux.

LAMBERT

C'est tellement compliqué! J'ai un contrat avec la

télévision américaine pour encore deux ans minimum. Il faut que je sois là trois jours par semaine. Je viens de m'acheter un condo à New York.

DANIEL

Où?

LAMBERT

Chelsea. J'ai payé ça une fortune. Et puis là, maintenant, je tourne une minisérie...

Les jumelles Pommerleau apparaissent.

JUMELLE I

Hé, John, tu as promis de nous emmener au Métropolis!

LAMBERT

Promenez-vous un peu, là. Allez voir la ville, c'est beau.

JUMELLE II

On l'a déjà vue, la ville, John.

LAMBERT

Dans deux minutes, là. *(À Daniel.)* C'est ça, une minisérie, genre international, pour trois, quatre réseaux de télévision. C'est sur les grandes familles franco-américaines. Je pouvais pas refuser: mon divorce est pas encore réglé. L'avocat de ma femme demande la moitié de tout ce que j'ai gagné pendant les cinq ans du mariage... Au fond, moi, j'aurais envie de jouer pour rien, avec toi, ici, comme ça. *(Un silence.)* Il faudrait reparler de tout ça, hein?

DANIEL

Quand tu veux, John.

LAMBERT

(Il consulte son agenda de poche.) Je suis à New York la semaine prochaine, ensuite je reviens ici mais je rentre en studio pour douze jours. Je devrais avoir un trou après ça. Je te téléphone et on va manger, d'accord?

DANIEL

D'accord.

LAMBERT

Il me semble qu'on aurait des choses à se dire.

> Denise Quintal tente d'entraîner Pascal Berger.

QUINTAL

On peut quand même aller saluer les gens, non?

BERGER

Ah non, ça m'emmerde, moi.

QUINTAL

Mais tu le connais, le type qui a monté ça? C'est un de tes amis?

BERGER

(Il hausse les épaules.) Oui. Oui.

QUINTAL

Écoute, c'était pas si mauvais que ça. On peut au moins faire acte de présence.

BERGER

Non, c'est pas ça. J'ai pas envie de parler, c'est tout. Bon, allez, je m'en vais.

QUINTAL

Je comprends pas ce que tu as, mon chou!

> Plus loin, Ariel, Aurore et les ésotériques sont avec René et Martin.

ARIEL

(L'air entendu, approuvé par le regard d'Aurore posé sur lui.) Ce n'est pas un hasard si vous jouez sur une montagne.

RENÉ

Ah non?

ARIEL

C'est sur une montagne qu'il les a reçus, les dix commandements, Moïse. Dix, exactement deux tables, cinq, cinq.

AURORE

La Bible, c'est un code. Il faut faire attention aux chiffres.

ARIEL

666!

MARTIN

(A de la difficulté à se retenir de rire.) Hein?

ARIEL

L'Apocalypse en parle, du nombre 666.

AURORE

666. La marque de la bête.

ARIEL

Les compagnies de cartes de crédit, elles l'utilisent de plus en plus souvent, le code 666.

MARTIN

Eh bien...

AURORE

Le sida, c'est ça. C'est fabriqué en laboratoire aux États-Unis.

RENÉ

(Hors champ.) Ah bon.

AURORE

C'est comme la formule du Coca-Cola classique. Ils ont rajouté des choses dedans, mais quoi?

Martin et René hochent la tête.

AURORE

Il faut être conscient.

ARIEL

(D'un air pénétré, les yeux au ciel.) Il a neigé sur Rome...

MARTIN

(Un temps.) Pardon?

ARIEL

(En insistant sur les mots, et en regardant alternativement René et Martin.) Il a neigé sur Rome.

Martin et René essaient de ne pas trop réagir.

AURORE

Les astronautes le savent, que la lune est creuse, mais ils peuvent pas parler.

MARTIN

C'est évident.

René s'est caché le bas du visage avec son costume.

AURORE

Jésus est tellement doux, tellement positif.

MARTIN

Vous avez eu l'occasion de le rencontrer, évidemment...

AURORE

Souvent.

RENÉ

Ah bon.

Ariel se penche vers eux, mystérieux.

ARIEL

Avez-vous été contactés?

MARTIN

Pas personnellement, non.

«Je n'arrive pas à comprendre pourquoi vos ennemis sont si acharnés.»

«Cet homme menace l'ordre établi.»

«C'est vous qui le savez.»

«Ils l'appelaient Jésus...»

«Qui les gens disent-ils que je suis?»

«À cette époque, la vie était courte et brutale.»

«La mort venait par épuisement.»

«Le spectacle de l'été à Montréal...»

«Méfiez-vous des prêtres qui se plaisent à circuler en longues robes...»

«Je plaide coupable.»

«Ça peut être relativement long...»

Daniel et Mireille.

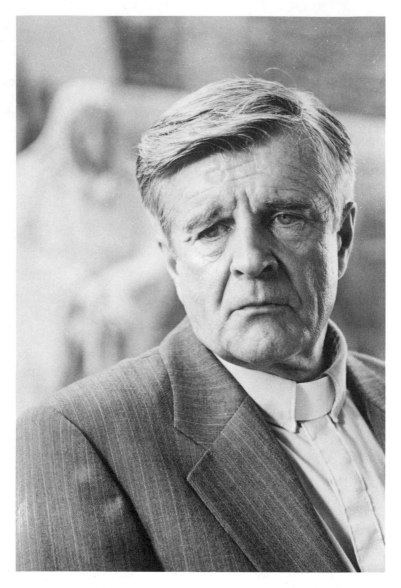

«Les autorités exigent des modifications considérables.»

Martin et René.

«Pour des raisons de sécurité...»

«Mais faites quelque chose!»

«C'est un acteur.»

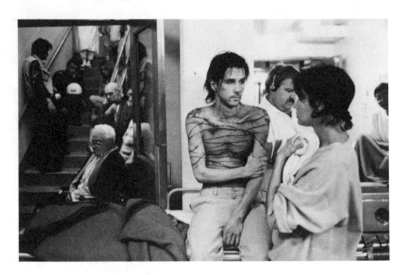

«Martin, René, ils sont pas là?»

Constance, Martin, René, Mireille.

Denys Arcand.

Sous-sol du sanctuaire. Intérieur. Nuit.

Dans la grande salle voûtée, Daniel descend l'escalier, lentement. Les flambeaux jettent encore une lueur mourante. Daniel et Leclerc se font face, de très loin.

DANIEL

Vous avez aimé ça?

LECLERC

Êtes-vous complètement fou?

DANIEL

Quoi?

LECLERC

Jésus-Christ, le fils naturel d'un soldat romain! La vierge Marie, une fille-mère! Êtes-vous malades?

DANIEL

Dans les Évangiles...

LECLERC

On peut faire dire n'importe quoi aux Évangiles. Je le sais, par expérience. Il y a plein de fascistes qui communient tous les jours, des communistes qui récitent le Sermon sur la montagne. Moi, j'appartiens à une communauté catholique. Ce sanctuaire a un conseil d'administration. Des gens du meilleur monde. Vous voyez le portrait!

DANIEL

Mais ça marche! Ils suivent!

LECLERC

Mais je veux *pas* que ça marche. Ce sanctuaire attire deux millions de visiteurs par année. On n'a pas besoin de publicité.

DANIEL

Mais c'est vous qui m'avez demandé...

LECLERC

(Il se rapproche peu à peu.) Oh! Je vous avais demandé de rafraîchir un peu un texte qui a très bien fonctionné pendant quarante ans! Je vous avais pas demandé *ça*!

DANIEL

Et vous allez faire quoi?

LECLERC

(Il recule.) Faut que... j'avertisse mes supérieurs. Je peux pas prendre la responsabilité moi-même. C'est... c'est trop risqué.

DANIEL

Avertissez-les. On verra bien.

LECLERC

J'ai bien peur que leur réaction soit pas aussi enthousiaste que celle de vos petits copains.

Daniel reprend l'escalier, rapidement.

Terrasse du chalet de la montagne. Extérieur. Nuit.

Daniel, Mireille, Martin et René se tiennent par la taille. Ils boivent du vin à même une bouteille, en marchant. Ils sont un peu saouls, ils rigolent, sauf Daniel qui a l'air soucieux.

CONSTANCE

(Leur fait face, excitée.) Alors moi, John Lambert m'a embrassée!

MARTIN

Woou!

MIREILLE

Oui, oui, sur la joue, hein!

MARTIN

Il est tellement beau, John Lambert, hein, il est beau, il est beau!

RENÉ

Ses yeux sont tellement bleus!

MIREILLE

Et moi, il m'a dit que je l'avais énormément surpris.

CONSTANCE

Moi, il m'a dit qu'il avait hâte qu'on joue ensemble!

MARTIN

Moi, on a trouvé que j'avais une présence très physique!

MIREILLE

Physique?

MARTIN

Très physique!

RENÉ

Moi, il faut absolument que je fasse une émission de télévision. J'ai été invité par une animatrice célébrissime.

MIREILLE

Et... d'un certain âge!

RENÉ

Ja... lou... se!

MIREILLE

(Après avoir pris une gorgée de vin à la bouteille. À Daniel.) Et notre petit? Qu'est-ce qu'elles ont dit, ces dames, à notre petit Jésus?

RENÉ

Il a l'air sombre, Jésus.

MIREILLE

(Lui offrant à boire.) Tu en fais une petite mine!

DANIEL

J'espère juste que ça va durer.

CONSTANCE

(Lui tourne le visage, le prend par le cou.) Hé! Que ça dure ou pas, grosse tête, ce soir, nous, on est heureux. C'est précieux, ça.

DANIEL

All right! All right, all right, all right!

CONSTANCE

Right!

TOUS

All right!

Ils s'appuient à la balustrade de pierre et regardent la ville. On voit des images de celle-ci, la nuit, illuminée, vibrante sous une pleine lune à la hauteur des gratte-ciel.

Studio de radio. Studio de télévision. Intérieur. Jour.

France Garibaldi est assise à une table, devant un micro. Elle porte un casque d'écoute. Derrière elle, à travers un mur entièrement vitré, une rue à forte circulation automobile. Sur la table, un gros sac à main, des pelures d'orange, des bananes. Au signal que quelqu'un lui fait hors champ, elle exhale une bouffée de fumée et écrase sa cigarette. Montage rapide des vues de ce studio et de celui où travaillent Malouin et Miroir, plutôt du genre «émission culturelle»; leurs répliques s'entremêlent.

GARIBALDI

Alors le mot est lancé: *le* spectacle de l'été à Montréal, bien, c'est la Passion sur la montagne. Et le jeune metteur en scène de l'heure, bien, c'est... c'est Daniel Coulombe!

MIROIR

Daniel Coulombe, c'est d'abord un premier prix de conservatoire...

GARIBALDI

C'est un jeune autodidacte, qui n'a fait aucune des écoles de théâtre...

MIROIR

... l'un des plus brillants élèves des classes d'interprétation...

GARIBALDI

... Mon Dieu, qui a passé sa jeunesse à voyager partout à travers le monde...

MIROIR

... qui a toujours été ici à Montréal, qu'on ne remarquait pas...

GARIBALDI

... et qui est revenu il y a seulement quelques mois...

MIROIR

... dans ... dans l'*underground*... (*Il met ce mot entre guillemets avec ses doigts.*)

GARIBALDI

... et à qui on a confié ce spectacle presque par hasard...

MIROIR

... qui préparait cette Passion depuis plusieurs années...

GARIBALDI

... et qui se révèle *la* nouvelle personnalité du show-bizz montréalais.

MALOUIN

Sur notre échelle de un à dix?

MIROIR

Huit et demi.

GARIBALDI

(Émue.) C'est un spectacle...

MIROIR

... qui nous questionne profondément...

GARIBALDI

... impliquant!

MIROIR

... sans hésiter!

GARIBALDI

... les larmes aux yeux, du début à la fin... C'est... *(Elle regarde quelqu'un hors champ.)* C'est tout.

MALOUIN

Ce spectacle est un *must.* Je dois le dire! *(Un temps. Elle se retourne vers la droite. Puis, à la caméra.)* Eh bien, après la pause publicitaire, nous revenons avec Thérèse Gendron-Frappier qui a lu pour nous le livre de l'été: les mémoires de Pierre-Elliot Trudeau. À tout de suite. *(Elle garde un sourire figé pendant cinq secondes, puis cesse brusquement de sourire.)* Ça va pour le temps?

Loft de Constance. Intérieur. Jour.

Chez Constance, dans la salle de bains. Daniel
prend un bain. Sa tête émerge brusquement
de l'eau. Mireille est assise près de la bai-
gnoire, les bras sur le rebord.

MIREILLE

Dis, tu fais quelque chose de spécial, toi, ce matin?

DANIEL

Non. Pourquoi?

MIREILLE

(Ses mains jouent dans la mousse.) Bien, je voudrais que tu
me rendes un service. J'aimerais bien que tu viennes avec
moi.

DANIEL

Où?

MIREILLE

Je dois passer une audition pour une pub.

DANIEL

Tu vas continuer à faire ça?

MIREILLE

Ouais, c'est la dernière fois, j'ai promis d'y aller. Et puis
je suis à peu près sûre d'avoir le rôle. *(Elle s'est mise à lui
savonner la poitrine.)* Et puis ça ferait du fric. Je voudrais
me louer un appartement. Je peux pas continuer à vivre
comme ça, aux crochets de Constance. *(Elle lui savonne le*

dos.) Seulement... c'est Jerzy qui va réaliser ça. Et il va être là et je veux pas être seule avec lui.

DANIEL

C'est quoi comme truc?

MIREILLE

C'est une campagne pour une nouvelle bière.

DANIEL

Aïe! Aïe! Aïe!

MIREILLE

Oui, comme tu dis.

Constance entre avec sa fille dans les bras.

CONSTANCE

Vous avez pas fini de vous minoucher dans mon bain, vous deux? *(À sa fille.)* Viens, on s'en va à la garderie.

Rosalie embrasse Mireille.

ROSALIE

Bye!

Elle embrasse aussi Daniel, qui rugit comme un lion.

Hall du théâtre, salle, scène.
Intérieur. Jour.

Dans le hall du théâtre où jouait Berger au début, une vingtaine de jeunes garçons et filles attendent, assis, debout, partout. La lumière entre abondamment par de larges fenêtres. Jerzy arrive; il salue et embrasse (ou donne une marque d'amitié si c'est un garçon) plusieurs d'entre eux.

JERZY

Salut, Monique. Ça va? Tu donnes des nouvelles? ... Ah, les voix d'or! *(Il est devant la soprano et la contralto qui chantaient le* Stabat Mater *au Sanctuaire.)* Christine! Salut Valérie, on a fait ses petits gargarismes? ... Ça va, Brian? ... *(Il s'incline devant une Orientale.)* ... *Hi, Pete, still working out?... Good.* ... Bonjour Rachel! Oh, oh, faut pas débronzer, hein, on te voit en bikini.

Mireille et Daniel sont debout dans un coin. Jerzy Strelisky arrive près d'eux.

JERZY

Je m'attendais pas à te voir ici, ma grosse puce.

MIREILLE

Ah non? Pourquoi?

JERZY

Je croyais que tu avais renoncé au monde, que tu te consacrais au théâtre mystique. Je suis d'ailleurs surpris de pas te voir avec une auréole.

MIREILLE

Ah oui! Elle en a, ta sœur, des auréoles?

JERZY

(À Daniel.) Vous êtes aussi venu pour l'audition? Je crois pas que ça va coller.

DANIEL

Non, je suis venu pour l'accompagner, c'est tout.

JERZY

Ah oui? Vous circulez toujours à deux, comme les témoins de Jéhovah? C'est mieux, c'est plus prudent. *(Il se retourne brusquement vers les autres comédiennes et comédiens, et commence à circuler parmi eux.)* Bon. On m'écoute. C'est pour une nouvelle bière qui s'appelle Appalache. Appalache, c'est la bière des jeunes, la bière branchée. Les voix d'or, ça va être à vous tout à l'heure. Bob, on n'est pas au gymnase, s'il te plaît. Je répète: Appalache est une bière branchée, O.K.? Je veux du *beat*, de l'énergie. Le concept est super-dynamique. Ça se passe dans un théâtre, c'est des jeunes qui veulent devenir des stars, alors, du *groovy*, du *funky*. On commence dans dix minutes. Merci.

À l'intérieur, sur la scène.

Le décor de la chambre de Smerdiakov est toujours là, seuls les accessoires ont été repoussés à l'arrière-scène pour permettre aux danseurs de s'exécuter. La contralto en bikini fait du *lip-sync* et danse accompagnée d'un jeune chanteur-danseur qui est torse nu mais qui a gardé ses jeans. Musique *rock heavy*.

VOIX DE FILLE

«Je viens d'avoir un flash
Je sais ce que tu caches

Allez ne sois pas vache
Partage ton Appalache.»

> Au premier rang, devant les fauteuils, une table derrière laquelle sont assis Jerzy Strelisky, Denise Quintal et les cinq messieurs de l'agence et de la brasserie. Les comédiens et comédiennes sont éparpillés dans les dernières rangées.

VOIX DE GARS

«Oh! Tu veux boire une bière
Dont tu puisses être fière
Et je ne suis pas vache
Partage mon Appalache.»

CHŒURS

«Nous sommes jeunes et fiers
Nous adorons la bière
Y a rien qui nous attache
On boit de l'Appalache!»

> Flashes sur des messieurs de l'agence ou de la brasserie, attentifs, l'air désabusé ou amusé. Flash sur Daniel et Mireille. Il est sérieux, elle lui jette un coup d'œil.

VOIX DE FILLE

«Parle-moi pas des bombes
Parle-moi pas des tombes
Parle-moi pas du crash
Parle-moi d'Appalache.»

VOIX DE GARS

«Tu ne veux rien savoir
Tu ne veux rien prévoir

Mais tu veux pas qu'on cache
Les bouteilles d'Appalache.»

> Flashes aussi sur la soprano qui chante et danse, sur le côté de la scène, en maillot.

CHŒUR

«Nous sommes jeunes et fiers
Nous adorons la bière
Y a rien qui nous attache
On boit de l'Appalache!»

> La musique s'arrête.

SOPRANO

(Parlé.) «Appalache: la bière des jeunes!»

JERZY

Merci beaucoup!

QUINTAL

Suivants: Mireille Fontaine et Greg Roberts.

> Mireille quitte son banc.

QUINTAL

Vous, jeune homme, j'ai pas vu vos jambes?

SOPRANO

(S'approchant de Quintal, elle serre ses vêtements sur sa poitrine.) Si vous voulez, je pourrais chanter moi-même, je veux dire avec ma voix: j'ai fait le conservatoire.

QUINTAL

Mademoiselle, le buveur de bière moyen a un quotient

intellectuel à peu près égal à celui d'un chien savant. (*Un monsieur de la brasserie approuve silencieusement derrière elle.*) En fait, dix degrés de moins, et ce serait un géranium. Alors c'est pas avec Maria Callas qu'on va le séduire. (*Le monsieur de la brasserie lui chuchote quelque chose à l'oreille.*) Effectivement, vous seriez mieux de miser sur votre bikini plutôt que sur votre voix.

> Choquée, la contralto s'éloigne rapidement, passant devant les clients, qui se font des sourires entendus. Sur la scène, le jeune comédien Greg a enlevé ses jeans pour montrer ses jambes, pendant que derrière lui Mireille et la choriste attendent.

GREG

O.K.?

QUINTAL

(*Soupire.*) O.K.

MIREILLE

(*S'avance.*) Je suis désolée, j'ai pas de bikini.

QUINTAL

C'était pas sur la feuille de convocation?

MIREILLE

Je sais, mais j'ai oublié.

JERZY

Bien, enlève tes jeans.

MIREILLE

Il faut?

QUINTAL

Impérativement, mon chou. Il y a rien comme des jeans ajustés pour cacher les bourrelets de cellulite.

> Les messieurs rigolent. Mireille détache ses jeans et se dirige vers l'arrière-scène. Les messieurs ont des yeux de voyeurs. Celui qui mâche sans cesse en ralentit son rythme. Daniel regarde Fabienne d'un air atterré.

FABIENNE

Relaxe, Max, c'est toujours comme ça.

> Mireille revient à l'avant-scène, jambes nues.

QUINTAL

Le sweat-shirt aussi.

MIREILLE

J'ai rien en-dessous.

JERZY

Fallait prévoir.

MIREILLE

Fais pas chier, Jerzy. Tu sais très bien comment je suis faite.

JERZY

Ça fait tellement longtemps, ma grosse puce. Faudrait peut-être que tu me rafraîchisses la mémoire.

QUINTAL

C'est pas Jerzy le client, c'est eux. (*Indiquant les messieurs.*) Et puis eux, ils voudraient voir.

> Mireille commence à enlever son sweat-shirt. Daniel s'avance rapidement, il s'arrête au bas du petit escalier qui monte à la scène, devant la table.

DANIEL

Mireille, fais pas ça.

MIREILLE

C'est pas si grave.

DANIEL

Fais pas ça, O.K.?

MIREILLE

Je suis habituée.

DANIEL

Tu vaux mieux que ça.

MIREILLE

Qu'est-ce que tu en sais?

DANIEL

Viens-t'en, on s'en va.

QUINTAL

Bon, la grande scène intime, vous nous jouerez ça un autre jour. On est ici pour travailler. *(À Daniel.)* Alors vous, vous allez vous rasseoir en arrière. *(À Mireille.)* Et toi, tu nous fais voir tes nichons ou tu t'en vas chez toi, O.K.?

> Daniel ne bouge pas. Il devient livide. Sa voix est blanche.

DANIEL

Voulez-vous, je vais vous en jouer, une scène?

> Quintal le regarde, imperturbable. Très calmement, Daniel renverse une table qui se trouve au pied de la scène, couverte d'accessoires. Jerzy, interloqué, se lève d'un bloc. Daniel donne un grand coup de pied sur le trépied de la caméra vidéo, qui se renverse sur la première rangée de fauteuils en faisant jaillir des étincelles.

JERZY

Bon! Bon, restons cools.

> Daniel retire la caméra de la rangée de fauteuils et la fait tomber sur le plancher. Nouveau bouquet d'étincelles. Pendant ce temps, Jerzy entraîne les messieurs vers l'extérieur de la salle.

JERZY

Messieurs!

> Daniel débranche les fils d'un moniteur télé, sur une autre table, qu'il renverse aussi. Il garde les fils à la main. Quintal se lève, calme.

QUINTAL

Des petites crises d'acteur, j'ai déjà vu ça.

> Daniel la frappe au visage avec les fils connecteurs. Elle tombe. Il se dirige vers le fond de la salle pendant que Mireille, interdite, fait deux pas vers lui. Jerzy est dans le hall, avec les messieurs qui remettent leur veste.

JERZY

C'est un caractériel. J'en ai de temps en temps sur les tournages. Mais ne vous inquiétez pas, il va se calmer.

DANIEL

(Hors champ.) Dehors!

JERZY

(Entraînant les clients.) Bon, on y va?

La porte du théâtre. Extérieur. Jour.

Ils sortent précipitamment du hall du théâtre. Daniel les poursuit en courant et en criant.

DANIEL

Dehors!

Jerzy et les messieurs sortent rapidement sur le trottoir. Daniel, à son tour, est à la porte.

DANIEL

Race de chiens!

Mireille le rejoint, toujours jambes nues.

MIREILLE

Oh!

Elle le prend par la veste, l'appuie au mur. Ils se regardent dans les yeux, Daniel se calme.

MIREILLE

Je t'aime, espèce de fou.

>Elle l'embrasse sur la joue. Ils se regardent longuement et se sourient.

Chemin de la croix sur la montagne. Extérieur. Nuit.

>Vues du Sanctuaire, la nuit. La musique de guitare rock qui accompagnait le baiser de Mireille continue sur ces images.

DANIEL

(Hors champ.) On vous a dit: tu ne te parjureras pas. Or moi je vous dis de ne pas jurer du tout. Que votre parole soit oui si c'est oui, non si c'est non. Tout ce qui est rajouté en plus relève du mauvais.

>Daniel marche devant les spectateurs, vêtu de sa tunique blanche.

DANIEL

Malheur à vous les législateurs parce que vous chargez le peuple de fardeaux impossibles à porter et vous-mêmes vous ne touchez à ces fardeaux d'un seul de vos doigts.

>Daniel passe brièvement devant des hommes assez costauds, qui portent la cravate et le veston: François Bastien et Marcel Brochu. Dès que Daniel est passé, Bastien fait un signe à Brochu. Il s'éloigne.

DANIEL

Méfiez-vous des prêtres qui se plaisent à circuler en longues robes, à recevoir des salutations sur les places publiques, à occuper les premiers rangs dans les temples et les premiers fauteuils dans les banquets, qui dévorent les héritages des veuves et affectent de longues prières. Ils subiront, ceux-là, une condamnation plus sévère.

> Daniel arrive devant le père Leclerc, entouré de deux autres prêtres en complet gris.

DANIEL

Celui qui voudra devenir grand parmi vous devra être votre serviteur, celui qui voudra être le premier parmi vous devra être l'esclave de tous! (*Il se retourne vers les autres spectateurs.*) Ne vous faites jamais appeler «Rabbin» ou «Mon révérend père» ou «Monseigneur» ou «Éminence», car vous n'avez qu'un maître qui est dans les cieux et vous êtes tous frères!

> Daniel s'éloigne. Les deux prêtres jettent des regards au père Leclerc, qui ne bouge pas.

MIREILLE

(*Le front et les oreilles ornées de bijoux.*) «À la fin de sa vie, ils étaient très nombreux et très puissants, tous ceux qui avaient hâte de le voir crucifié.»

À la douzième station.

> Daniel est sur la croix. Bastien et Brochu sont debout au pied de la croix. Daniel ne bouge pas, il paraît mort. Bastien lui tapote gentiment le genou.

BASTIEN

Monsieur Coulombe?

Daniel relève lentement la tête, comme s'il sortait d'un rêve.

BASTIEN

Je m'excuse, Monsieur. Je suis le sergent-détective François Bastien, de la Communauté urbaine de Montréal. Je vous présente mon partenaire, Marcel Brochu.

BROCHU

Bonsoir.

DANIEL

Bonsoir.

BASTIEN

On va vous demander de nous suivre, s'il vous plaît. Mais je vais vous lire vos droits.

Il fouille dans ses poches.

BASTIEN

Christ, je l'ai encore oubliée, là. *(À Brochu.)* Sors donc la tienne.

Brochu sort une carte plastifiée de sa poche et lit.

BROCHU

Monsieur Coulombe, vous êtes soupçonné de...

Daniel commence à se libérer des liens qui le retiennent à la croix.

BASTIEN

... menaces, assaut, coups et blessures, et... vandalisme, pour cent dix mille dollars à peu près.

> Daniel enlève l'affiche qu'il a sur la poitrine, la remet à Bastien. Il libère son bras droit.

BROCHU

(Il lit.) «Dès que vous serez rendu au lieu de détention vous aurez droit de vous prévaloir des services d'un avocat. Vous n'êtes pas obligé de dire quoi que ce soit mais tout ce que vous direz pourra servir de preuve devant le tribunal. Vous devez comprendre clairement que vous n'avez rien à espérer d'une promesse de faveur, non plus que rien à craindre d'une menace pour vous induire à faire un aveu ou une déclaration.»

> Bastien tend les bras à Daniel pour qu'il descende de la croix. Celui-ci accepte, il saute à terre.

BASTIEN

Ça va?

DANIEL

Ça va. Est-ce que j'ai le temps de me démaquiller?

BASTIEN

Bien oui. Mais va falloir suivre le règlement.

> Bastien fait un signe de tête à Brochu, qui sort des menottes de sa ceinture et les passe à Daniel en attachant ses poignets derrière son dos.

BROCHU

(Derrière Daniel.) Je voudrais en profiter pour vous féliciter: j'ai beaucoup aimé le spectacle.

DANIEL

Merci.

BROCHU

C'est des choses qui font réfléchir, quand même. *(À Bastien.)* J'aurais aimé ça voir la fin, moi.

DANIEL

Vous reviendrez.

BROCHU

(Extrêmement dubitatif.) Ouais...

> Brochu emmène Daniel. Bastien, qui tenait encore l'affiche, l'accroche à la croix, sort un mouchoir et s'essuie les mains.

Sous-sol du sanctuaire. Intérieur. Nuit.

> Dans la salle voûtée, au haut de l'escalier, dans la lumière bleue et l'écran de fumée, Mireille, Constance, Martin et René saluent sous les applaudissements. Ils se tournent de temps en temps, un à la fois, vers la porte. Daniel n'apparaît pas. Ils saluent.

Palais de Justice. Salle d'audience. Bureau de la psychologue. Couloir vitré. Intérieur. Jour.

> Daniel entre dans la salle d'audience, derrière un policier en uniforme. Il salue Mireille et

Constance, assises à côté de Cardinal. C'est
une salle moderne, assez petite. En avant, la
tribune du juge est surélevée d'à peine quelques centimètres; devant lui, deux greffières
remuent des piles de documents. Du côté
gauche de la tribune, une avocate et un avocat
de la Couronne, très jeunes, fouillent eux
aussi dans des documents. Du côté droit, des
avocats de la défense sortent des documents
de leurs serviettes, consultent leurs agendas et
jasent entre eux. L'atmosphère est détendue.

GREFFIÈRE I

Numéro 24, Richard Tremblay.

JUGE

Est-ce qu'il est là, Richard Tremblay? Richard Tremblay?
(Silence.) Défaut de comparaître.

GREFFIÈRE I

Numéro 25, Daniel Coulombe.

DANIEL

(En se levant.) C'est moi.

Richard Cardinal se lève et s'avance vers le
tribunal.

CARDINAL

Votre Seigneurie, s'il vous plaît, je suis maître Richard
Cardinal. Est-ce que je peux m'entretenir avec le
prévenu une seconde?

JUGE

(Calmement, en jetant un coup d'œil à sa montre.) D'accord,
mais faites ça rapidement. On en a soixante ce matin.

CARDINAL

Ah... merci.

Cardinal s'approche de Daniel. Ils vont chuchoter.

CARDINAL

C'est Mireille qui m'a demandé de venir. Laissez-moi vous représenter.

DANIEL

C'est pas nécessaire. Je vous remercie.

CARDINAL

Les accusations sont assez sérieuses. Vous pourriez avoir une mauvaise surprise.

DANIEL

J'ai besoin de personne.

CARDINAL

Vous êtes sûr?

DANIEL

Sûr.

CARDINAL

C'est risqué.

Daniel détourne la tête. Cardinal s'éloigne.

CARDINAL

Merci, votre Seigneurie.

> Cardinal revient s'asseoir près de Mireille et Constance.

JUGE

Vous voulez assurer votre défense vous-même?

DANIEL

Oh, j'ai pas de défense.

JUGE

Vous savez que vous avez droit à l'aide juridique.

DANIEL

Vous êtes bien aimable, mais j'en ai pas besoin. Je plaide coupable.

> Un temps. Le juge sourit.

JUGE

Bon. Alors on va commencer par vous faire voir la psychologue. *(À la greffière.)* Voulez-vous appeler madame de Villers s'il vous plaît? *(À Daniel.)* Ça va, vous pouvez vous asseoir.

> Daniel s'assoit, regarde vers la salle, calme.

CARDINAL

(À Mireille et Constance.) Ça peut être relativement long, c'est inutile de rester ici. Mon bureau est pas loin, je vais demander qu'on me prévienne.

> Il se lève. Mireille regarde Constance inquiète; elles se lèvent aussi. Dans le bureau de la psychologue, où de larges fenêtres font voir de hauts édifices, Daniel est assis. La psychologue va et vient pendant qu'elle cause avec lui.

DE VILLERS

Comment est-ce que vous vous sentez par rapport à votre travail?

DANIEL

Bien.

DE VILLERS

Enfin, je veux dire, le fait d'être obligé de jouer le Chemin de la croix sur la montagne, vous trouvez pas ça un peu ridicule, non?

DANIEL

Non, c'est un bon sujet. C'est pas très original, mais ça...

DE VILLERS

(S'asseyant à son bureau.) Oui, mais... enfin, comme... comme comédien, c'est un emploi un peu minable, non?

DANIEL

Jouer Jésus, pour un acteur, c'est n'importe quoi sauf minable.

DE VILLERS

Vous êtes quand même un premier prix de conservatoire. Vous aimeriez pas faire une belle carrière? Jouer dans les grands théâtres?

DANIEL

J'ai été absent longtemps, alors c'est un peu normal de recommencer au bas de l'échelle.

DE VILLERS

Est-ce que vous êtes révolté par la publicité?

DANIEL

(Il réfléchit.) Ce qui m'a enragé, c'est la manière dont ces gens-là traitaient les acteurs, enfin surtout les actrices. J'accompagnais une amie que j'aime beaucoup.

DE VILLERS

Ça vous arrive souvent d'avoir des accès de rage comme ça?

DANIEL

Jamais. Rarement. J'ai beaucoup de difficulté à supporter le mépris.

DE VILLERS

(Se lève, vient s'appuyer sur son bureau, devant lui.) Est-ce ... est-ce que vous regrettez le fait d'être né ici?

DANIEL

Qu'est-ce que vous voulez dire?

DE VILLERS

Enfin, je sais pas, si vous étiez né à... Santa Barbara en Californie, vous pourriez jouer dans des films à Hollywood. Ou bien si vous étiez né à New York, à Londres, même à Stockholm, vous auriez pu rencontrer Ingmar Bergman. Enfin ici, il y a pas grand-chose, non?

DANIEL

Ouais. C'est un inconvénient. C'est sûr. Mais, bon, je peux pas y faire grand-chose. Et puis ça aurait pu être pire: j'aurais pu venir au monde au Burkina-Faso.

> De Villers éclate de rire. Retour à la salle d'audience. On sent qu'on est à la fin de la journée. Daniel est debout dans le box, et il y a

d'autres accusés à ses côtés. Richard Cardinal est assis dans la salle, avec Zabou Johnson.

JUGE

Bon. Alors je présume que vous n'avez pas d'argent pour remplacer le matériel électronique que vous avez détruit?

DANIEL

Non.

JUGE

Bon. Alors je vais prendre votre sentence en délibéré. Et puis on va fixer une date, là, maintenant, une date à laquelle vous devrez revenir ici sans faute. Mais *sans faute.*

DANIEL

Sans faute.

Corridor vitré au haut d'un édifice du centre-ville. Intérieur. Jour.

Daniel, Zabou et Cardinal marchent lentement, en s'arrêtant parfois près d'une vitre d'où on voit la ville par un beau jour d'été.

CARDINAL

Non, je suis avocat, mais je pense que c'est la première fois en cinq ans que je mettais les pieds en Cour.

DANIEL

Vous faites quoi normalement?

CARDINAL

Presque tous mes clients, en fait je devrais dire mes amis, sont dans les milieux médiatiques, show-business, littérature. Alors je fais les contrats, la planification fiscale, les investissements financiers; dans certains cas, ça peut aller jusqu'au plan de carrière.

DANIEL

C'est quoi, ça, un plan de carrière?

CARDINAL

Ah, c'est quelque chose que je fais, disons, avec quelqu'un qui est encore relativement jeune, mais qui sait pas au juste comment exploiter son talent. Alors on s'assoit ensemble et puis on essaie de voir ce qu'il veut faire exactement; en fait, on essaie de définir ses rêves. Et ensuite on établit les étapes pour les réaliser.

DANIEL

Ça fonctionne?

CARDINAL

(Lui montrant le quartier Hochelaga.) Je connais une actrice qui est née là-bas dans les quartiers ouvriers et qui habite maintenant Malibu Beach. *(Ils se sont arrêtés devant la fenêtre, appuyés à la rampe.)* Je pourrais vous en nommer d'autres qui sont venues de Shawinigan ou de Saint-Raymond-de-Portneuf et qui ont des hôtels particuliers à Paris ou des lofts à New York.

> Un homme passe, complet-veston, cheveux gris, pressé. Cardinal lui serre la main et lui fait un signe de connivence. Daniel et lui reprennent leur marche.

DANIEL

Pour tout ça, faut faire quoi?

CARDINAL

Rien de spécial. Ce que vous aimez.

DANIEL

Même jouer le Chemin de la croix au Sanctuaire?

CARDINAL

Jésus-Christ est un personnage tout à fait à la mode. Mais il faudrait être en studio demain matin pour faire les émissions culturelles du week-end.

DANIEL

Sauf une exception, j'ai pas été invité, je pense.

CARDINAL

Je peux faire deux ou trois téléphones si vous voulez. C'est jamais bien compliqué: il y a davantage d'espace média que de gens qui ont des choses à dire.

DANIEL

J'ai pas grand-chose à dire moi-même, vous savez.

CARDINAL

C'est pas vraiment essentiel. Vous êtes un très bon acteur.

DANIEL

Un acteur a besoin d'un texte.

CARDINAL

On pourrait vous écrire un canevas. Il y a une manière de dire des insignifiances qui est extrêmement populaire. Pensez à Ronald Reagan. Il y en a d'autres. Dans tous les pays maintenant, les acteurs sont omniprésents. La télévision, la radio, les magazines. Il y a que des acteurs, partout.

ZABOU

Il y a des actrices aussi. Il y a Jane Fonda.

CARDINAL

À condition qu'elles soient jolies. Mais ça, ça devrait pas t'inquiéter, jamais, mon cœur. *(Il embrasse ses cheveux.)*

ZABOU

Il est con des fois! *(Elle se dégage et s'éloigne.)*

CARDINAL

(Tout bas, à Daniel.) Dix-sept ans! *(À quelqu'un qui passe, rapidement, et à qui il serre la main.)* I'll call you back. *(À Daniel.)* Vous avez jamais pensé à publier un livre?

DANIEL

Vous voulez dire un roman?

CARDINAL

Oui, ou un livre de souvenirs. Vos voyages, ou votre combat contre la drogue, l'alcool. N'importe quoi.

> Ils se sont arrêtés à l'angle du couloir. La ville, toujours, s'étend derrière eux.

DANIEL

Je suis pas écrivain.

CARDINAL

J'ai pas dit *écrire* un livre, j'ai dit *publier*. Non, des écrivains, ça, les maisons d'édition en ont qui sont disponibles, talentueux et pauvres.

DANIEL

Évidemment.

CARDINAL

Est-ce que ça vous choque?

DANIEL

Non.

CARDINAL

(Se penchant vers lui, d'un ton confidentiel.) J'essaie juste de vous faire comprendre qu'avec le talent que vous avez, cette ville-là est à vous, si vous voulez. *(Ils tournent la tête vers le centre-ville, qu'on aperçoit par la fenêtre.)*

Restaurant vitré, au même étage. Intérieur. Jour.

Zabou, Daniel et Cardinal entrent dans le restaurant Chez Charon, au bout du corridor. Le maître d'hôtel les accueille.

ZABOU

(Lui serrant la main.) Bonjour Julien!

JULIEN

Bonjour Mademoiselle, maître Cardinal...

CARDINAL

(Lui serrant la main.) Julien...

JULIEN

(Les invitant à entrer, avec une salutation de la tête à Daniel.) Je vous en prie...

Tout le monde entre.

JULIEN

On vous prépare une table, il y en a pour deux minutes. Je vous sers un petit apéritif?

CARDINAL

Oui, trois Virgin Mary.

JULIEN

(Leur remettant les menus.) Trois Virgin Mary. Je vous suggère les homards ce midi.

CARDINAL

(À Daniel.) Oui, avez-vous essayé les homards des Îles-de-la-Madeleine cette année?

DANIEL

Non.

CARDINAL

Ils sont sublimes. On va prendre ça.

Il reprend les menus de Daniel et de Zabou.

ZABOU

J'aime pas les homards.

CARDINAL

Prends des crevettes de Matane.

Zabou s'éloigne.

CARDINAL

(*À Daniel.*) Et... Est-ce que ça vous rend malheureux d'être ici?

DANIEL

Ici? Pourquoi?

CARDINAL

Bien, je sais pas, manger des homards pendant qu'il y a des gens là qui mangent des hot-dogs ou qui ont faim? (*Indiquant la ville à leurs pieds.*)

DANIEL

Peut-être que si je mangeais ici tous les jours, je me...

CARDINAL

Non, je vous dis ça parce qu'il y a toujours des organismes de charité, vous savez, genre OXFAM, UNICEF, Médecins sans frontières, qui se cherchent des porte-parole. C'est intéressant parce que ça vous permet de faire du bien tout en vous assurant une visibilité maximum. Ou simplement votre tête, là, sur des pots de vinaigrette, comme Paul Newman, c'est génial, ça!

DANIEL

Je suis pas gastronome.

CARDINAL

Ah, Newman non plus, sans doute, mais c'est dommage,

vous auriez pu sortir un livre de recettes, c'est toujours un succès presque assuré, ça.

Sanctuaire à travers les arbres. Première station. Extérieur. Jour.

Constance, René, Martin et Mireille sont debout devant Leclerc. Ils paraissent sceptiques et un peu désorientés. Leclerc leur distribue des exemplaires du texte de l'ancienne Passion.

LECLERC

Les autorités du Sanctuaire qui ont vu la représentation exigent des modifications considérables. Dites-vous bien que j'ai plaidé votre cause le plus courageusement possible, mais sans beaucoup de succès. Remarquez qu'il est pas question de vous censurer. Vous auriez monté la même chose dans un théâtre en ville, pas de problème! Mais vous êtes ici dans les jardins privés d'un sanctuaire catholique, ça impose un certain nombre de restrictions. *(Il descend quelques marches, s'appuie à la rampe de pierre.)* Alors le compromis que je vous propose, c'est de reprendre l'ancien texte qu'on jouait les années précédentes. Constance le connaît, évidemment. C'est entendu que c'est plus traditionnel comme forme. Mais ça vous permettrait de continuer à travailler pendant les prochaines semaines, le temps d'éclaircir toute la situation, parce que vous comprenez que maintenant, au moment où on se parle, on sait pas encore quand Daniel va revenir...

Au milieu de ce discours, Daniel est apparu au détour d'un sentier, marchant silencieusement dans l'herbe. Leclerc, qui lui fait dos, ne l'a évidemment pas vu. Tout en se rapprochant, Daniel fait un petit salut aux comédiens, dont les visages s'éclairent aussitôt.

LECLERC

... et même là, ça va causer des problèmes. Alors on va faire une lecture rapide, là, si vous voulez. Juste pour débroussailler un peu. Vas-y, Constance.

CONSTANCE

(Pas très sérieuse.) «Voici le Fils de Dieu déchiré par nos plaisirs?»

LECLERC

Oui, oui... Avec un peu d'expression quand même...

CONSTANCE

(Déchaînée.) «Voici le Fils de Dieu déchiré par nos plaisirs!»

LECLERC

(Reproche amusé.) Constance, s'il te plaît.

Martin, René et Mireille retiennent leurs rires.

MIREILLE

Style Comédie française, ça vous plairait? Non mais enfin, je suis là, autant en profiter. *(Elle remet son texte à René; lui et Martin s'éloignent, lui cédant la place. Elle passe derrière la statue, reparaît, la main sur la poitrine, très théâtrale.)* «Nos péchés écrasent l'Agneau tremblant! Est-ce toi, Concupiscence?»

RENÉ

Il y a aussi le «method acting» comme à New York. *(Avec*

des tics et des hésitations, comme Al Pacino.) «On le fixe par les mains. On le fixe par les pieds... les pieds! Qui?... Qui fixera... mon destin au bois du crucifié? Qui? *(En hurlant.)* Hein? Qui?»

MARTIN

On peut vous le faire en québécois, hein, si vous préférez. *(Il remet à son tour son texte à René et passe derrière la statue.)* «Sacrament, voici l'Agneau sans tache, hostie! Yé keloué par nos impurs désirs, tabarnak! Ça a pas de câlisse de ciboire de bon sens, ça, viarge de bout d'Christ!»

RENÉ

«Çartain, hostie!»

CONSTANCE

«J'ai-tu mon câlisse de voyage, moé?»

MIREILLE

«Moi aussi, tabernacle.»

MARTIN

(À Leclerc.) Vous aimez pas ça? C'est trop populaire? Pas assez international? Japonais! Kabuki!

> Martin et René prennent des positions «japonaises», genoux fléchis, avec jeux de bras et cris.

MARTIN

«Voici*iiiii* l'Agneau Ho! par nos désirs cloué hé hé ho! Ha!»

> Constance et Mireille brident leurs yeux avec leurs mains et poussent aussi un cri. Daniel se

fait hara-kiri derrière Leclerc, ce qui attire l'attention de celui-ci. Il se retourne, sans réaction, regarde Daniel à genoux puis remonte l'escalier vers les comédiens.

LECLERC

(Colère à peine retenue.) Très drôle, très amusant. Vous avez beaucoup de talent. *(Il leur arrache les textes des mains.)* Je vous souhaite bonne chance, *ailleurs.*

Il entre dans le Sanctuaire. Daniel monte les marches en courant, passe parmi les comédiens et suit Leclerc dans le Sanctuaire. La porte noire claque.

Sanctuaire. Intérieur. Jour.

Leclerc traverse la nef d'un pas rageur. Daniel le rejoint en courant.

DANIEL

On s'amusait un peu! Merde! C'est pas si grave.

Leclerc s'arrête brusquement et se retourne vers lui.

LECLERC

Pouvez-vous me dire ce que vous êtes venu faire au juste ici? Martin et René travaillaient, ils avaient des emplois. Ils ont tout abandonné. L'autre jeune fille, Mireille, elle est complètement brûlée dans la publicité. Moi, je suis dans une situation absolument intenable vis-à-vis mes supérieurs. Constance veut même plus me parler. De quel droit est-ce que vous prenez plaisir à miner la vie des gens autour de vous?

DANIEL

J'ai forcé personne.

LECLERC

Vous êtes complètement inconscient? C'est ça que vous essayez de me dire? Je vous crois pas. Vous êtes trop intelligent.

> Il se retourne et part d'un bon pas. Daniel le rattrape.

DANIEL

Qu'est-ce que vous voulez que je fasse?

> Leclerc s'arrête, réfléchit, fait quelques pas.

LECLERC

Êtes-vous déjà venu ici le dimanche quand c'est rempli? *(La porte latérale s'ouvre et Constance entre.)* Les avez-vous déjà vus, les femmes de ménage haïtiennes, les réfugiés guatémaltèques, les vieillards abandonnés? *(Il montre à Daniel des béquilles laissées au pied d'un autel.)* C'est un rassemblement de la misère universelle ici. Ces pauvres gens-là veulent pas être informés des dernières découvertes de l'archéologie au Moyen-Orient, ils veulent se faire dire que le Fils de Dieu les aime et les attend.

DANIEL

C'est peut-être pas une raison pour leur vendre des Jésus en plastique de Taïwan et des bouteilles d'huile de saint Joseph à quinze dollars.

LECLERC

Le Jésus coûte moins cher qu'un poster de vedette rock, et êtes-vous certain que l'huile bénite est beaucoup, moins efficace que la coke à cent vingt-cinq dollars le gramme?

Leclerc marche vers un confessionnal.

LECLERC

Il y a beaucoup de gens qui n'ont pas les moyens de se payer une psychanalyse lacanienne.

Il ouvre la porte du confessionnal.

LECLERC

Alors ils viennent ici se faire dire: allez en paix, vos péchés vous sont remis. Ça leur fait du bien. Un peu. C'est au moins ça. C'est ici qu'on touche le fond: la solitude, la maladie, la folie. Quand vous venez d'apprendre que vous avez le cancer de l'intestin ou que votre enfant a la leucémie, je sais pas si vous êtes familier avec nos hôpitaux, mais si vous cherchez un peu de réconfort, vous êtes beaucoup mieux de venir ici.

Constance s'approche d'eux.

CONSTANCE

Laisse-nous jouer un dernier soir.

LECLERC

Je peux pas. Ça dépend pas de moi.

CONSTANCE

On a beaucoup travaillé, tu sais.

LECLERC

Mais je le sais! À votre âge j'avais essayé de monter *La vie de Galilée* au grand séminaire. Pouvez-vous imaginer le scandale!

DANIEL

Ils ont fini par vous avoir.

LECLERC

C'est normal. Les institutions vivent plus longtemps que les individus. Mon père était ouvrier du textile. Il était syndicaliste. Il a perdu ses emplois, il a été matraqué, il a été en prison. De temps en temps il réussissait à faire obtenir un dollar de plus par mois, une journée de congé payée, ou je sais pas quoi. Il s'est battu toute sa vie. Aujourd'hui les mêmes usines appartiennent à des Japonais, les métiers à tisser sont contrôlés par des ordinateurs. Quinze techniciens produisent mieux et plus que les deux mille ouvriers d'autrefois. Ils ont servi à quoi, les sacrifices de mon père?

DANIEL

Il avait la foi.

LECLERC

(*Il s'assoit sur un banc de l'église.*) Ah oui? Il est mort pauvre et complètement paranoïaque. Au point où j'en suis, moi, je pense que ceux qui ont raison, c'est ceux qui vivent heureux le plus longtemps possible.

CONSTANCE

À condition d'être heureux.

DANIEL

(*Il marche, rageur.*) Bien, la vie ça peut pas être juste ça: attendre la mort le plus confortablement possible. Je suis probablement naïf, mais il faut qu'il y ait autre chose. Écoutez, on est tous là maintenant. Il y a des spectateurs qui vont arriver tout à l'heure. On va jouer encore une fois.

LECLERC

Je peux pas vous donner d'autorisation.

DANIEL

(*Il crie.*) Bien vous direz que vous avez pas pu nous trouver, qu'il y a eu un malentendu. Trouvez quelque chose.

> Daniel s'éloigne et sort. Constance s'approche de Leclerc.

CONSTANCE

De quoi tu as peur, Raymond?

LECLERC

J'ai peur d'être nommé aumônier d'une maison de retraite en banlieue de Winnipeg. Je veux pas passer mes hivers à Winnipeg.

CONSTANCE

(*Elle lui lie les mains avec son foulard.*) Laisse tomber tout ça, puis viens-t-en avec nous.

LECLERC

Tous mes amis sont partis. Tous ceux qui étaient entrés au séminaire avec moi. Leur nouvelle vie est encore plus minable que la mienne. Même un mauvais prêtre, c'est encore un prêtre. Si je suis plus ça, je suis plus rien.

CONSTANCE

Tu serais comme moi, comme tout le monde!

LECLERC

Je suis infirme. J'ai quitté ma mère à dix-neuf ans pour entrer dans la communauté. Je sais pas comment vivre.

CONSTANCE

Mais apprends!

LECLERC

Je suis trop vieux.

CONSTANCE

(Elle défait le foulard, se lève.) Tu étais pas trop vieux pour me faire l'amour.

Elle s'éloigne.

LECLERC

Si tu pars, c'est ma vie qui s'en va.

CONSTANCE

(Sa voix résonne dans l'église.) C'est toi qui veux que je m'en aille.

Elle s'éloigne. Il reste seul au milieu de l'église. La grande porte à l'arrière du Sanctuaire claque derrière Constance.

Pizzeria. Intérieur. Jour.

Le restaurateur italien, toujours aussi bourru, regarde Daniel.

ITALIEN

(Sarcastique.) Toujours *all dressed* ? C'est ça que vous aimez le mieux?

DANIEL

C'est plus nourrissant.

ITALIEN

Vous êtes toujours cinq? Il y en a pas qui s'en vont?

DANIEL

C'est la dernière fois que je vous demande ça.

ITALIEN

(Sarcastique.) C'est ça que tu m'avais dit la fois d'avant aussi. *(En hurlant.) Five medium all dressed!*

EMPLOYÉ

Five medium all dressed! O.K.

DANIEL

Un jour je vais vous rembourser.

ITALIEN

Parfait! Je compte là-dessus pour payer mes impôts l'année prochaine.

Sur la montagne. Extérieur. Jour.

C'est la tombée du jour. On voit d'abord Bob Chalifoux en uniforme qui fait sa ronde. Au détour d'un sentier il découvre René, Martin, Mireille et Constance assis sur le gazon, qui mangent leurs pizzas et boivent du vin. Derrière eux, la ville.

MARTIN

Voulez-vous une pointe?

CHALIFOUX

Qu'est-ce que vous faites là, vous autres?

CONSTANCE

En veux-tu une pointe? *(Elle lui tend un morceau de pizza.)*

CHALIFOUX

Non, je te remercie. Ils vous ont pas avertis?

DANIEL

De quoi?

CHALIFOUX

(Embarrassé, il enlève sa casquette, se gratte le crâne.) Le père Leclerc vous a rien dit?

Tous font mine d'être surpris.

MIREILLE

On l'a pas vu.

CHALIFOUX

Ah bien... c'est drôle ça...

MARTIN

Pourquoi?

CHALIFOUX

Oh, pour rien. Pour rien.

Il s'éloigne.

CONSTANCE

Non mais, on pourrait jouer dans un parc.

MARTIN

On n'obtiendra pas l'autorisation.

MIREILLE

Il y a pas des jardins quelque part?

RENÉ

C'est toujours privé. Mais peut-être... *(À Daniel.)* Qu'est-ce que tu en penses?

DANIEL

(Déprimé.) Je sais pas. On verra.

> Un silence. Ils sont tous débinés. Mireille les regarde, puis:

MIREILLE

Non mais ça va pas? Vous allez pas nous faire le coup de la déprime, là. Oh! Vous savez pas ce que ça représente, vous, tout ça? Quand vous êtes venus me chercher, moi, je montrais mon cul pour faire vendre de la lessive ou de la bière. Et tout le monde était persuadé, y compris et surtout le mec avec qui j'étais, que c'était ce que je pouvais faire de mieux étant donné la qualité du cul en question. Le pire, c'est que moi aussi j'en étais à moitié convaincue. C'est vous qui m'avez sauvée de là, vous avez pas le droit de me lâcher. Vous savez pas comment j'étais? Mon idée du paradis, à moi, c'était la plage de Bora Bora. Des mecs qui portaient pas de Rolex ou qui roulaient pas en BMW, j'en rencontrais jamais. Je pensais pas que ça existait encore, un homme qui voudrait pas d'abord me sauter.

MARTIN

Justement, je voulais te parler à ce sujet-là. *(Rires.)*

MIREILLE

(Très émue.) Non mais c'est vrai! C'est précieux, ce qu'on a: il faut continuer.

CONSTANCE

All right!

TOUS

All right!

MIREILLE

(Souriant.) All right.

Dans le Sanctuaire. Intérieur. Fin du jour.

La porte s'ouvre et Chalifoux apparaît. Les comédiens, costumés et maquillés, marchent en direction de la porte. Ils sont chargés des accessoires du spectacle.

CHALIFOUX

(Les arrête.) Écoutez, je viens de vérifier avec les autorités, là, puis le Chemin de la croix est annulé... Indéfiniment. Vous auriez dû être prévenus, je comprends pas, il a dû y avoir une erreur.

CONSTANCE

Les spectateurs sont déjà là.

CHALIFOUX

Bien, on va leur dire de retourner chez eux, c'est tout... C'est fini. Vous pouvez enlever vos costumes.

DANIEL

Il en est pas question. On a été engagés pour jouer, on va jouer.

CHALIFOUX

Téléphone au supérieur. Il va te le dire.

DANIEL

Je le connais pas, moi, le supérieur. Je l'ai jamais vu.

CHALIFOUX

Bien, je travaille pour lui, moi.

DANIEL

Moi aussi. S'il a quelque chose à me dire, qu'il vienne me le dire lui-même. Laisse-nous passer.

> Il écarte Chalifoux. Les comédiens sortent.

CHALIFOUX

Attendez une seconde.

> Martin et René poussent un peu Chalifoux.

MARTIN

Pousse-toi.

CHALIFOUX

Vous avez pas le droit de faire ce que vous voulez! Vous êtes pas chez vous ici!

> Les comédiens sont sortis. Chalifoux est désolé.

CHALIFOUX

Maudite marde.

> Il se retourne vers l'autel, fait un signe de croix machinal, puis entre dans la sacristie.

Sacristie du Sanctuaire. Intérieur. Jour.

Chalifoux referme la porte derrière lui, remet sa casquette, s'approche d'un téléphone et compose un numéro.

Chemin de la croix. Extérieur. Nuit.

Douzième station. Daniel est sur la croix. On voit d'abord les spectateurs qui suivent attentivement la représentation. Bien en évidence au premier rang, on remarque Fabienne.

CONSTANCE

(Hors champ.) «Et après tout cela, le condamné attendait la mort. Songez que nous sommes au Moyen-Orient... Une chaleur étouffante...»

MIREILLE

(Hors champ.) «Le soleil... Les mouches...»

Rumeur derrière les spectateurs. Ceux-ci protestent. Une dizaine de gardes de sécurité dirigés par Bob Chalifoux apparaissent derrière les spectateurs. Ils se fraient un chemin à travers ceux-ci, en écartant un peu brusquement Pierre Bouchard et sa femme. Ils viennent se placer entre les spectateurs et les comédiens.

CHALIFOUX

(Levant les bras en croix; derrière lui, plus loin, Daniel, les bras en croix; plus loin encore, les lumières de la ville.) Mesdames

et Messieurs, on est obligé d'interrompre la représentation, pour des raisons de sécurité...

MARTIN

(*À voix basse, à Chalifoux.*) Il nous reste vingt minutes,
Chalifoux, donne-nous une chance.

> Un garde fait reculer Martin.

CHALIFOUX

Je vais vous demander de rester très calmes et de vous
diriger dans cette direction-là.

> Bouchard et sa femme se regardent. Regard
> chargé de déception de Mireille, puis de
> Fabienne.

FABIENNE

Vous pouvez pas faire ça!

MIREILLE

(*Dont la tête apparaît entre les larges épaules de deux gardes.*)
Faites pas attention! On va continuer à jouer.

CONSTANCE

Éloignez-vous pas!

CHALIFOUX

(*Se retournant vers elles.*) Taisez-vous.

CLAUDINE BOUCHARD

Laissez-les finir.

CHALIFOUX

Écoutez, Madame, j'ai pas de raison à vous donner. On

vous a dit que c'était pour des questions de sécurité. On ferait pas ça si on avait pas des raisons sérieuses.

CLAUDINE BOUCHARD

Bien oui, mais on veut savoir la fin!

CHALIFOUX

Mais tout le monde la sait, la fin, Madame: il meurt sur la croix puis après il ressuscite! Voyons donc! Il y a pas de mystère là-dedans! Vous êtes pas bien brillante, vous!

Mireille tente d'écarter les gardes pour se précipiter sur Chalifoux.

MIREILLE

Crétin!

Elle court. Deux gardes la saisissent par le bras.

MIREILLE

Lâchez-moi! Lâchez-moi!

Bouchard enlève ses lunettes, calmement.

CLAUDINE BOUCHARD

(*Murmure.*) Pierre, fais pas le fou!

Bouchard s'avance vers les gardes; Fabienne décide de le suivre, puis quelques-uns des spectateurs; la mêlée s'engage.

CHALIFOUX

(*Essaie de repousser Bouchard.*) Un instant!

VOIX DE FEMMES

Bien, arrêtez... Attention! Hé!...

> Chez les spectateurs, les hommes quittent leurs compagnes pour venir se mêler à l'échauffourée comme dans un bar western. Fabienne se débat contre un des gardes qu'elle martèle de ses poings.

FABIENNE

Vous pouvez pas faire ça! Vous avez pas le droit! Il faut les laisser continuer!

> Scène de bataille générale. Il n'y a pas de véritables coups de poing, mais une bousculade collective plutôt comique. Un garde de sécurité retient toujours Mireille. Elle se débat comme un chat sauvage. Bouchard s'approche d'eux. Il passe derrière le garde et lui fait une prise d'étranglement. Chalifoux apparaît derrière eux et assène un coup de lampe de poche sur la nuque de Bouchard. Celui-ci lâche prise, il est étourdi. Il secoue la tête, se retourne, et regarde Chalifoux avec l'air particulier qu'ont les colosses quand ils commencent à se mettre en colère. Chalifoux sent qu'il va avoir de gros ennuis. Il recule prudemment. Les spectatrices, comme un chœur de commères, lancent leurs récriminations.

CHALIFOUX

C'était un avertissement, ça! Juste un avertissement!

> Daniel se retourne sur sa croix. Son regard est effrayé. Bouchard se précipite sur Chalifoux comme un joueur de football américain. Il appuie son épaule dans le ventre de Chalifoux

et pousse avec ses jambes. Daniel les voit venir vers lui en courant, par-derrière. Il crie.

DANIEL

Hé! Hé! Hé!

Bouchard et Chalifoux viennent heurter la croix de Daniel. Sous la force du choc, le poteau sort du sol. Daniel n'a pas le temps de sauter, il tombe la tête la première, et reste écrasé sous la croix. La bataille s'arrête immédiatement. Un grand silence se fait. Mireille et Constance s'approchent de Daniel, s'agenouillent.

MIREILLE

Daniel! Daniel!

Constance part en courant, bousculant Fabienne au passage.

FABIENNE

Mais faites quelque chose!

Boîte téléphonique sur la montagne. Extérieur. Nuit.

Constance compose le 911.

TÉLÉPHONISTE

Vous avez rejoint le numéro d'urgence de la communauté urbaine de Montréal. Toutes nos lignes sont présentement occupées. *You have reached the emergency number of the Montreal Urban Community. All of our lines are busy right now.*

Constance tape du pied, désespérée.

Chemin de la croix, douzième station. Extérieur. Nuit.

L'ambulance est arrivée, ses gyrophares éclairent la nuit. On immobilise la tête de Daniel, sur la civière, entre deux supports. Les ambulanciers font glisser la civière à l'intérieur du véhicule. Il ne reste que quelques spectateurs. Martin et René sont toujours en costume. Constance a remis ses vêtements de ville.

CONSTANCE

On va à l'Hôpital général, hein, c'est juste à côté.

AMBULANCIER I

Non, on peut pas. L'urgence est remplie. Ils viennent de nous appeler. Il faut descendre à Saint-Marc. C'est-y correct, ça?

Constance acquiesce. Mireille arrive en courant. Elle est en jeans et a les vêtements de Daniel avec elle.

MIREILLE

J'ai apporté ses affaires.

Elle veut monter à bord.

AMBULANCIER I

Non, vous avez droit à seulement une personne avec lui.

MIREILLE

J'ai pas d'argent. J'ai pas de bagnole. Merde.

AMBULANCIER I

(Il se résigne.) Bon bien, allez-y.

> Mireille monte à côté de Constance. Martin et René sont derrière l'ambulance, défaits.

MARTIN

C'est pas nécessaire qu'on y aille? Vous allez nous téléphoner?

CONSTANCE

Oui, oui.

> L'ambulancier I monte à son tour, en refermant les portes.

AMBULANCIER I

O.K., c'est parti.

> L'ambulance quitte les lieux.

RENÉ

(À Martin.) Te souviens-tu, j'avais eu un pressentiment? Quand j'avais dit que c'était dangereux de jouer ça?

Urgence de l'hôpital Saint-Marc. Extérieur. Nuit.

> L'ambulance arrive, avec ses gyrophares et sa sirène.

Couloir de l'urgence. Intérieur. Nuit.

Il y a plein de monde, debout, assis, en vêtements ordinaires ou en jaquette d'hôpital. Les
ambulanciers entrent en poussant la civière
sur laquelle Daniel repose. Mireille et Constance les accompagnent. Ils s'approchent du
bureau de la préposée.

AMBULANCIER I

Allô, Claire!

PRÉPOSÉE

Wow! Tu l'as ramassé où, celui-là?

AMBULANCIER I

C'est un acteur. C'est du maquillage, ça.

PRÉPOSÉE

Ah bon! Mets-le sur le banc, là.

AMBULANCIER I

Non, je peux pas le bouger: c'est la tête. C'est trop
dangereux.

PRÉPOSÉE

Bien, laisse ta civière, d'abord.

AMBULANCIER I

Vous avez pas de couvertures? Rien? Il est tout nu en-
dessous, lui, là.

PRÉPOSÉE

(Excédée.) Non, j'en ai pas. J'ai plus rien!

AMBULANCIER I

(Découragé, à l'autre ambulancier.) Bon, envoye, là-bas, on va le tasser...

> Ils s'avancent dans la salle d'urgence. Mireille et Constance les suivent.

AMBULANCIER I

O.K., c'est beau. *(À Constance.)* On va vous laisser la civière puis la couverte. On va s'en trouver d'autres ailleurs.

CONSTANCE

O.K. Merci.

> Mireille regarde Daniel inconscient. Les ambulanciers retournent au bureau de la préposée. Celle-ci tamponne et signe un formulaire qu'elle leur remet. Constance arrive.

PRÉPOSÉE

(À qui l'ambulancier I remet un formulaire.) Parfait.

AMBULANCIER I

(À Constance.) Bonne chance.

CONSTANCE

Merci.

> Les ambulanciers s'éloignent.

CONSTANCE

(À la préposée.) Est-ce qu'il y a un médecin qui va venir?

PRÉPOSÉE

Lui, est-ce qu'il a sa carte d'assurance-santé?

CONSTANCE

(Tourne la tête vers Daniel un instant.) Je ne sais pas.

PRÉPOSÉE

Bon bien, en attendant, allez à l'admission.

CONSTANCE

Où ça?

PRÉPOSÉE

(Sans lever la tête, avec un geste du crayon.) Deuxième porte à gauche.

> Constance s'éloigne dans le corridor, enjambe des malades, arrive à un bureau où on entend le cliquetis d'une machine à écrire.

Bureau d'admission de l'hôpital. Intérieur. Nuit.

> Une secrétaire, derrière un bureau, tape un formulaire. Un vieux monsieur est assis devant elle.

SECRÉTAIRE

Des maladies contagieuses?

VIEUX MONSIEUR

(Dans un souffle.) Me souviens pas.

SECRÉTAIRE

Parlez plus fort, Monsieur, je vous entends pas.

CONSTANCE

Pardon, Madame, c'est pour une urgence.

SECRÉTAIRE

Prenez un numéro, attendez votre tour. Il y a tout ce monde-là qui sont avant vous. *(Elle revient au vieux monsieur.)* Est-ce qu'il y a déjà eu dans votre famille des cas de maladies mentales?

Constance regarde autour d'elle, effarée.

VIEUX MONSIEUR

(Inaudible.) Sais pas.

SECRÉTAIRE

Parlez plus fort, Monsieur, s'il vous plaît.

Corridor de l'urgence. Intérieur. Nuit.

Constance revient là où elle avait laissé Daniel et Mireille. Daniel est assis sur la civière, torse nu. Il a du sang séché sur le visage. Mireille est près de lui.

MIREILLE

Ça va mieux!

CONSTANCE

Tu devrais peut-être rester allongé, non?

DANIEL

Non, j'ai juste mal à la tête. Martin, René, ils sont pas là?

CONSTANCE

Ils ont pas pu monter dans l'ambulance.

Bureau de la préposée à l'urgence. Intérieur. Nuit.

Constance, Daniel et Mireille passent devant la préposée, que l'on voit au premier plan. Celle-ci lève un instant les yeux de ses papiers.

PRÉPOSÉE

Ça va mieux, là?

CONSTANCE

(Ironique.) Oui, ça va beaucoup mieux.

PRÉPOSÉE

Parfait, ça.

Immense escalier. Intérieur. Nuit.

Constance et Mireille soutiennent Daniel dans la descente de l'escalier. Celui-ci est immense, et la lumière est irréelle. Une légère fumée flotte sur la scène. Daniel paraît faible, sa voix est presque éteinte.

DANIEL

(À Mireille.) La vie est difficile à supporter, hein?

Mireille acquiesce silencieusement. Elle et Constance font à Daniel des marques d'affection, l'entourent de précautions. Ils continuent à marcher, s'arrêtent, repartent, pendant ces répliques.

DANIEL

On manque de bonheur. C'est pour ça. C'est la cause... Les grands événements, même le théâtre, tout ça se fait par manque de bonheur. Les sources de la vie sont cachées. Moi, mon père m'a abandonné...

CONSTANCE

On est là, nous.

MIREILLE

Tu es pas tout seul.

Elles l'embrassent.

DANIEL

(Regardant autour de lui.) Les grands édifices comme ici, là, les grandes constructions, tout ça va être détruit... un jour.

Station de métro. Intérieur. Nuit.

Daniel, Mireille et Constance descendent un long escalier roulant. Il est devant elles, leur faisant face. Ils se regardent intensément. Son visage à lui exprime une grande douleur. Au bas de l'escalier, il manque de tomber; elles le rattrapent. Ils débouchent sur le quai. Daniel marche devant un grand panneau publicitaire et s'arrête: c'est la tête de Pascal Berger annonçant «l'Homme sauvage». Daniel a un haut-le-cœur et vomit dans une poubelle. Constance et Mireille l'entourent mais il les écarte un peu pour se diriger vers les voyageurs. Il parle directement aux voyageurs qui le regardent, sceptiques. Constance et Mireille le suivent un peu en retrait. Il a de la difficulté à parler. Il touche les voyageurs à l'épaule, ou aux cheveux.

DANIEL

Quand vous verrez l'abomination de la désolation, si vous êtes dans les plaines, il faut vous enfuir dans les montagnes. Si vous êtes sur la terrasse, rentrez pas dans la maison prendre vos affaires. Si vous êtes sur la route, retournez pas chez vous. *(Il parle, plus fort, aux passagers de l'autre côté du quai.)* Plaignez celles qui seront enceintes ces jours-là. Priez pour que ça tombe pas en hiver! *(Il revient à ceux qui sont près de lui.)* Si quelqu'un vous dit: «Le Sauveur est ici», «Le Sauveur est là», croyez-les pas. Hein? Croyez-les pas! Des faux sauveurs... des faux prophètes... les puissances des cieux... ébranlées... ni le jour... ni l'heure... Comme vous serez surpris... le jugement... veiller...

Il chancèle, tombe par terre. Constance et Mireille le soutiennent.

Il est évanoui. Mireille s'assoit sur ses talons et pose la tête de Daniel sur ses cuisses. Constance part chercher du secours. Les voyageurs se rapprochent un peu.

Une rame de métro nous cache tout le quai, puis repart, avec son bruit caractéristique. Mireille caresse le visage de Daniel, toujours sur ses genoux, étendu sur le quai. Derrière eux, le mur de briques, nu.

Constance revient en courant avec les mêmes ambulanciers que dans les scènes précédentes. Ils portent une nouvelle civière.

AMBULANCIER I

Qu'est-ce qui est arrivé, ils l'ont pas gardé à Saint-Marc?

CONSTANCE

Ils ont rien fait. Je veux pas retourner là.

AMBULANCIER I

On va essayer le Jewish. S'ils veulent nous prendre.

Ambulance. Intérieur. Nuit.

Daniel est couché sur une planche de bois posée sur la civière. Sa tête est attachée à cette planche avec du sparadrap. Il ouvre les yeux, essaie de parler.

DANIEL

Sauvez-vous. Sauvez-vous.

CONSTANCE

Parle pas. Repose-toi.

DANIEL

Quand vous aurez de l'argent... faut payer la pizzeria. M'entendez-vous?

CONSTANCE

On va s'en occuper.

DANIEL

M'entendez-vous?

Rues de Montréal. Entrée du Jewish Hospital. Extérieur. Nuit.

L'ambulance roule dans des rues encombrées de Montréal. Elle passe devant une affiche lumineuse: «Montreal Jewish Hospital».

Urgence du Jewish Hospital. Intérieur. Nuit.

La salle est très moderne, très propre et déserte. Les ambulanciers entrent, poussent Daniel sur sa civière, Mireille et Constance suivent. Ils sont accueillis par Sam Rosen accompagné d'une infirmière qui se met immédiatement à l'œuvre. Le médecin ouvre la bouche de Daniel, l'examine.

ROSEN

What are his vital signs?

INFIRMIÈRE I

Over 9-6. Heartbeat 56.

ROSEN

O.K. His heart's beating too low already. Bring me the... bag.

L'infirmière lui passe un instrument respiratoire.

ROSEN

O.K. Let's bring him to square 10, prepare for intubation.

> Il met l'appareil respiratoire sur le visage de Daniel et l'active, tout en poussant la civière.

ROSEN

Let's go! Let's move!

> Ils disparaissent. Mireille et Constance restent seules, inquiètes. Une infirmière, Shirley, s'approche et les prend par les épaules.

SHIRLEY

Why don't you go sit over there, girls? There's some coffee and some cookies. We have to wait now.

CONSTANCE

Thank you.

> Constance et Mireille s'éloignent.

SHIRLEY

(À l'ambulancier I.) I'll be with you in a second.

AMBULANCIER I

(À Constance qui s'éloignait dans le corridor et se retourne.) Bonne chance!

CONSTANCE

Merci pour tout!

AMBULANCIER I

Ah, c'est correct. On est là pour aider quand on peut.

Constance s'éloigne. Rosen apparaît dans la porte du poste des infirmières et s'adresse à celle qui est assise au bureau.

ROSEN

Neurosurgery! X-rays! Anesthesia! Inhalation therapy! Staff!

L'infirmière se retourne immédiatement et appelle à l'intercom:

INFIRMIÈRE II

Doctor Klein. Neurosurgery. Doctor Klein. Doctor Gold. Anesthesia. Doctor Gold. X-rays, inhalation therapy. 2,3, emergency, 2,3, emergency.

Salle de soins d'urgence. Intérieur. Nuit.

Les cinq aiguilles d'un électro-encéphalographe tracent cinq lignes droites. Le visage de Daniel est en partie couvert de tubes et d'électrodes.

Corridor de l'urgence. Intérieur. Nuit.

Rosen va rejoindre Constance et Mireille dans une salle d'attente. Celles-ci se lèvent dès qu'elles l'aperçoivent.

ROSEN

I have to know what's your relationship with him.

CONSTANCE

He is a friend.

ROSEN

Does he have a family? Do you know?

CONSTANCE

I don't know. I don't think so. He's alone. He is living with us.

MIREILLE

How is he?

ROSEN

We lost him. (Un silence.) You came in half an hour too late. I'm sorry. We've put him on life-support system, but his brain is gone.

MIREILLE

Can we see him?

ROSEN

Sure.

Salle de soins d'urgence. Intérieur. Nuit.

Constance et Mireille entrent dans la salle. Daniel est étendu sur une civière, branché, à demi couvert d'un drap blanc. Deux spécialistes, un homme et une femme, sont assis près de lui. On n'entend que le bruit du respirateur artificiel. Un moment de silence.

ROSEN

(Chuchote.) I'm going to ask you something.

CONSTANCE

(Sans quitter Daniel des yeux.) What?

ROSEN

Give us his body. He's young, he's healthy, and he's got type «O» blood. That's a godsend.

CONSTANCE

It's O.K.

ROSEN

You'll have to sign some papers and stuff.

CONSTANCE

O.K.

MIREILLE

(En pleurant.) It's like he is sleeping.

ROSEN

Yes, but he can't ever wake up again.

Douzième station du Chemin de la croix. Extérieur. Nuit.

Les poteaux de crucifixion se dressent, lugubres, dans le vent et la pluie.

Chambre de Leclerc. Intérieur. Nuit.

Le visage du père Leclerc sous les lueurs de l'orage. Il referme devant lui une fenêtre. La pluie coule sur la vitre, devant son visage.

Rue de Montréal. Extérieur. Nuit.

Constance et Mireille, se tenant par la main, marchent sous une pluie diluvienne, comme des somnambules.

Salle d'opération du Jewish Hospital. Intérieur. Nuit.

Daniel est étendu, les bras en croix, sur une table d'opération. On n'entend toujours que le bruit du respirateur artificiel auquel il est branché. Un infirmier badigeonne sa poitrine de désinfectant. Plus tard, sa poitrine est couverte de linges chirurgicaux. On entend des bip-bip et un dialogue de chirurgiens au travail, confus; des mains s'activent. On voit une poitrine ouverte, un cœur qui bat. Un chirurgien masqué commande qu'on débranche Daniel. Une main tourne le bouton d'un appareil. On achève l'extraction des organes; le cœur est placé dans une glacière, sur un lit de glace.

Aéroport. Extérieur. Jour.

Un Cessna attend, moteurs en marche. Mark Sutton qui transporte la glacière à pique-nique court vers l'avion, accompagné d'un assistant. Ils portent toujours leurs survêtements de chirurgiens et leurs masques rabattus sur le cou. Ils montent rapidement dans l'appareil dont on commence tout de suite à refermer la porte.

Porte de l'urgence du Jewish Hospital. Extérieur. Jour.

Un taxi et une camionnette attendent. Deux médecins, eux aussi en habits de chirurgiens, sortent en portant une boîte en plastique. Ils montent à bord de la camionnette qui démarre aussitôt. Une assistante-infirmière sort en courant, portant une boîte en polyuréthane qu'elle remet au chauffeur de taxi haïtien.

ASSISTANTE-INFIRMIÈRE

Hôpital universitaire de Sherbrooke. C'est dans la cité universitaire.

CHAUFFEUR HAÏTIEN

Ouais, je sais.

ASSISTANTE-INFIRMIÈRE

C'est eux qui vont vous payer.

CHAUFFEUR HAÏTIEN

Entendu, c'est d'accord.

Crématorium de la Côte-des-Neiges. Intérieur. Jour.

Un cercueil très simple, presque une boîte de bois, avec un morceau de ruban gommé portant le nom de Daniel, descend lentement dans une trappe dont les portes se referment avec un bruit sec et lugubre. Constance, Mireille, Martin et René assistent à la cérémonie en pleurant. Puis ils s'éloignent lentement dans le grand corridor du colombarium. France Garibaldi apparaît.

GARIBALDI

Je m'excuse, hein. Je sais que c'est pas le moment, là, mais j'aurais juste une petite question. C'est parce qu'on dit qu'il a voyagé beaucoup. Est-ce que vous savez où il est allé exactement?

CONSTANCE

(D'une voix éteinte.) Je sais pas. Il m'a déjà parlé des Indes, du Népal.

GARIBALDI

(Les suivant dans l'escalier.) Ah bon, formidable, formidable! C'est une recherche de spiritualité, évidemment. Vous allez voir, je vais faire quelque chose de très... très émouvant.

Chambre de soins intensifs.
Intérieur. Jour.

Un homme d'environ quarante ans repose aux
soins intensifs. Il est relié à toute une batterie
d'instruments sophistiqués.

SUTTON

(Hors champ.) Mister Rigby?

Le patient ouvre les yeux.

SUTTON

You have a beautiful new thirty-year-old heart. What do you
say?

RIGBY

God! I'm so happy.

Bureau de Richard Cardinal.
Intérieur. Jour.

Nous sommes devant de larges fenêtres; au
loin, de l'eau, des arbres. Constance, Mireille,
Martin et René sont assis ou appuyés sur le
rebord des fenêtres. Ils sont tristes. Richard
Cardinal leur remet un projet de contrat.

CARDINAL

L'idée, ça serait de former une compagnie théâtrale. En
mémoire de lui. Le théâtre Daniel-Coulombe. Évidemment, il faudrait constituer un organisme légal, avec un
président et ainsi de suite. Je sais pas mais, euh... Martin,
tu pourrais être le premier président, par exemple.

MARTIN

Ah, c'est sûr que ça serait une façon de continuer.

RENÉ

Moi, ça m'intéresserait, mais à condition d'être fidèle au genre de travail qu'il voulait faire.

CONSTANCE

Oui, à condition que ça devienne pas un théâtre traditionnel et commercial.

CARDINAL

Mais ça, c'est bien évident. Personnellement, j'ai toujours été convaincu que la rentabilité excluait pas la recherche. Au contraire.

Mireille se lève rapidement.

MIREILLE

Excusez-moi.

Elle sort.

Chambre d'hôpital. Intérieur. Jour.

La lumière est très tamisée. On voit le visage d'une vieille dame dont on retire un pansement qui couvrait ses deux yeux. Une infirmière est à côté du lit.

DAME

(Elle sanglote.) La luce!

MÉDECIN

Vedete la mia mano?

DAME

Si.

MÉDECIN

Quante dita?

DAME

Quattro! Due!

MÉDECIN

Va bene.

DAME

Grazie, dottore.

Esplanade du Mont-Royal. Extérieur. Tombée du jour.

Mireille marche lentement sur l'esplanade. Elle pleure. Elle s'appuie à la balustrade de pierre et se penche. Vue du centre-ville illuminé dans le jour baissant.

Station de métro. Intérieur. Jour.

La soprano et la contralto sont assises par terre dans un couloir du métro. Elles ont devant elles un ghetto-blaster et une boîte de cigares avec de la monnaie dedans. Elles chantent le dernier duo du *Stabat Mater* de Pergolèse. Derrière elles, l'affiche, immense, de «l'Homme sauvage».

SOPRANO ET CONTRALTO

«Quando corpus morietur, Fac ut animae ne denetur Paradisi gloria. Amen»
«Quand mon corps mourra, Fais qu'à mon âme ne soit pas refusée La gloire du paradis.»

> Vue en plongée du couloir et du pied des escaliers roulants. De temps en temps, des passants leur jettent quelques pièces.
>
> Générique de fin.

DATE DUE

ur:

sur les presses de l'imprimerie Métropole-Litho, Montréal.